# 生死兄弟

Man Overboard

［美］弗朗西斯·克劳福德 著
邹文华 译

上海文艺出版社
上海故事会文化传媒有限公司

## 编委会

**总策划** 夏一鸣

**主　编** 黄禄善

**副主编** 高　健

**编辑成员（按姓氏拼音为序）**

蔡美凤　高　健　胡　捷

黄禄善　吴　艳　夏一鸣　杨怡君

# 名家导读

/ 邹文华

邹文华，女，江西樟树人，文学硕士，教育学博士，上海翻译家协会会员。2017年获英国皇家语言学会Diptrans翻译硕士文凭，现为上海体育学院国际教育学院教师，主要从事体育社会学、体育高等教育管理等相关研究工作。已出版多部译著：《城堡》《大路条条》《小公主》《1860年华北战役纪要》《香烟、高跟鞋及其他有趣的东西：符号学导论》《黑衣新娘》等。

微笑，一种给人以温暖和亲切的表情。然而，微笑也可能带着致命的气息和死亡的诅咒，而且还具有可怕的传染性，不经意间，你的脸上莫名地浮现出一丝怪异的微笑。此时，它传递给你的是一种怎样的恐惧？

骷髅，一种多数人不愿意看见的东西。它是死亡和不祥的征兆。可是，想象一下，如果有一个骷髅骨每晚都莫名地出现在你的房间，而且朝你大声尖叫，你还能安然入睡吗？

你乘游轮去远行，买了上等的舱位，本以为可以享受一段美好的行程，可是你上铺的"兄弟"们总是莫名地接二连三消失，你船舱的天窗总是莫名地被打开，试问，你还有享受美好旅途的心情吗？

一座古老的城堡，一堆被踏平的坟堆。曾经，一个年轻人被蛊惑，每晚在此与一位美丽的姑娘共度良宵，用自己的生命——血液——喂食着一个饥渴的幽灵……吸血女鬼的故事相信你并不陌生……

微笑的诅咒、复仇的骷髅、游荡的幽灵、吸血的女鬼等，这些都是美国作家弗朗西斯·克劳福德的超自然短篇小说集——《游荡的幽灵》中出现的种种形象。

克劳福德是一位伟大的历史浪漫小说家、历史学家，同时也是19世纪中叶和20世纪初最优秀的超自然小说家代表之一。他于1854年出生在意大利的巴尼迪卢卡，是家中的独子，他在罗马度过了童年和少年时光。此后，他前后在美国圣保罗学校、英国剑桥大学、德国海德尔伯格大学及意大利罗马大学学习。1879年，他前往印度，学习梵语并编辑了《印度快报》。1881年2月，他返回美国在哈佛大学继续学习梵语，为期一年，后来在不同的杂志社供职。

克劳福德的姨妈是美国著名女诗人茱莉亚·沃德·豪威，在美国生活期间，他大部分时间都住姨妈家，与他的舅舅萨姆·沃德做伴。他的家人担心他的经济状况，母亲希望他能在波士顿找到一份作为歌剧团男中音的职业，但他被波士顿交响乐团的总指挥拒绝。舅舅萨姆·沃德建议他尝试把在印度的几年生活写成故事，并帮他联系纽约的出版商。

1882年，他出版了第一部小说《以撒格先生》，描述了现代盎格鲁－印度人的生活，并糅合了东方神秘主义。此书让他一夜成名，紧接着，他又出版了《克劳狄斯医生》。1883年，他回意大利定居，并购买了一座别墅。此后，他的创作生涯便一步步迈向巅峰。他的超自然小说也大多数是在19世纪80年代和20世纪初创作完成的：1885年，他完成了《上铺闹鬼》并在1886年出版；1899年，出版了《亡者之笑》；1903年，发表了《生死兄弟》；1905年，出版了吸血鬼故事《嗜血为生》；1907年，完成了《国王的信使》创作；1908年，发表了《尖叫的头颅》，这些作品经常被列为超自然恐怖小说类型的经典作品。1911年，美国麦克米伦公司为纪念克劳福德，将其超自然小说以《游荡的幽灵》为题结集出版，同时以《离奇的故事》为题在英国出版。但是，这两部作品集都没有收录克劳福德1907年创作的《国王的信使》。

在克劳福德的这本小说集中，大多数故事采用了第一人称的叙述手法，向读者娓娓道来，讲述者和听众的痕迹非常明显，读者不知不觉就成了故事中的"我"的听众，完全能够代入故事中那个"你"的角色，让每一个超自然的故事都显得如此真实，与"你"的生活如此贴近。但有时候，那个"你"又会让读者略显尴尬，因为从一些对话中，读者会发现作者好像是在给一个比他年长、与他关系密切的"你"讲故事。譬如，"你是看着我长大的……你知道我不会说假话的……"(《生死兄弟》)；"除了对你，我不想跟任何人说这些话，毕竟可怜的普拉特太太猝死在了她自己床上只是某种意外……"(《尖叫的头颅》)等。其实，了解克劳福德的生平之后，我们就不难发现，小说中的那个听众——"你"的原型就是他的舅舅萨姆·沃德。克劳福德在美国居住期间，大部分时间都在陪他的舅舅，也正是他的舅舅鼓励他走上了文学创作的道路。为此，在很多故事中，克劳福德似乎都是有意识地将他的故事说给自己的舅舅听，因而构成了他的叙事特征。

克劳福德的超自然小说尝试了多种不同的类型，《游荡的幽灵》这本短篇小说集涉及诅咒 (The Curse)、幽灵 (The Ghost)、吸血鬼 (The Vampire) 和海洋生物 (The Sea Creature) 等多种不同的超自然类型。

《亡者之笑》讲述了奥克兰姆家族中无恶不作的休爵士，他的脸上总是带着一种神秘而诡异的微笑，他的微笑就是一种诅咒，会像传染病一样无情地传染给每一个被他诅咒的人的脸上。他死后，那具有传染性的、诡异的笑容总是不经意地出现在奥克兰姆公馆里每个人的脸上，让整个奥克兰姆家族的人不得安宁。最后，他的儿子无法忍受这种微笑的诅咒，偷偷潜入了家族的墓穴，偷看了他父亲的遗嘱，揭开了其父的丑行，破解了那死亡之笑的诅咒。

《尖叫的头颅》《幽灵娃娃》《生死兄弟》三部短篇小说的超自然类型都是"幽灵"，不过三者又略有区别。《尖叫的头颅》和《生死兄弟》都是以"复仇"为主题，而且讲述者的身份都是"船长"。与前两个故事不同，《幽灵娃娃》中的"幽灵"不是邪恶的、令人恐怖的形象，而是一个充满温情和感恩之心的幽灵。《幽灵娃娃》是这部小说集收录的超自然小说中唯一一篇不带有邪恶的超自然小说。正如斯蒂芬·金(Stephen King)所说的"幽灵并非总是邪恶的"。

《上铺闹鬼》讲述了一个发生在远洋轮船船舱里的故事，住在105号船舱上铺的人总会莫名其妙地消失，"我"选择了105号船舱的下铺，"有幸"目睹了发生的一切却仍然保住了自己的性命，但是很遗憾，"我"并未真正弄清楚那个105号船舱的上铺到底有什么东西。从文章的描述来看，克劳福德在这个故事中写了一种未知的"海洋生物"。海洋与人类的生活密切相关，而与克劳福德的生活似乎又更加相关。因为在那个年代，从欧洲到美洲，从欧洲到亚洲，如此遥远的旅行只能选用海上交通工具。海洋浩瀚而又神秘，一切神秘而未知的东西都会引起人们的好奇心和恐惧心理。为此，克劳福德不可能会放过这么好的一个超自然题材。

在《嗜血为生》中，克劳福德处理了当时最为流行的超自然恐怖类型之一——吸血鬼。故事以意大利为背景，讲述了一个姑娘化身吸血女鬼，从坟墓中爬出来，吸食一位年轻人的血液。

克劳福德在六个故事中处理了四种不同类型的超自然恐怖形象，这自然与他叙事的天赋密不可分，但同时也与他创作的理念有关，他认为小说"就是一种可市场化的商品"和"智力上的艺术奢侈品"；小说"确实必须娱乐大众，但是应该合理地娱乐，应该从一种知识分子的观点出发……它的目的是娱乐，绝不是说教;但是为了把大众娱乐好，就必须要有精细而平衡的创造力……"克劳福德的作品充满了戏剧化的人物刻画，而在描述恐怖的时候，又非常细致入微，深受广大读者喜欢。

在一篇论及小说性质的文章中，克劳福德评价自己的文学手法为自创的、浪漫主义和现实主义的结合，并且从市场和观众的角度来诠释小说艺术。幽灵小说是所有超自然小说中最容易引起好奇心的类型，因为它们处理的不仅仅是未知的东西，而且还描写了那些不可知的东西。人们对死亡背后的东西很好奇。幽灵——任何故事中的幽灵，无论故事最终要表达的目的是什么——它都是西方宗教信仰的一个象征。他们深信，生命不仅仅是一个生物性的事件，相反人类生命有它的目的和意义，同时，也有超越这个世界的宿命。所以，好的灵异小说，在很大程度上，并非总是富有哲理或是富有知识性，而是给予一种打开黑帘子的幻觉，让我们看一眼，等待我们的另一个世界的样子。

# Contents

幽灵娃娃　1

生死兄弟　19

嗜血为生　71

亡者之笑　94

尖叫的头颅　125

上铺闹鬼　165

## 幽灵娃娃

那是一起可怕的事故,克兰斯顿公馆那台精密的机器突然失常,停止运转。退休的男管家出现了,他本来正享受着悠闲的退休生活。马厩里的两个马夫同时从两个不同的方向出现了。事实上,主楼梯上站着女佣们,而且那些记得事实的女佣们非常肯定地说,普林格尔太太本人当时肯定就站着楼梯口。普林格尔太太是这里的女管家,至于大保姆、二保姆和小保姆的感受,根本无法描述。大保姆一只手扶着光滑的大理石栏杆,傻傻地瞪着眼前发生的一切;二保姆身体僵硬、脸色苍白,倚靠在光滑的大理石墙上;小保姆已经吓得瘫坐在光滑的大理石楼梯上,正好在割绒地毯的边缘外,坦诚地放声大哭。

格温德琳·兰卡斯特－道格拉斯－斯克鲁普小姐是克兰斯顿第九代公爵的幼女,年仅六岁零三个月大,独自一人爬起来,坐在克兰斯顿公馆主楼梯的倒数第三级台阶上。

"噢!"男管家突然叫道,但他马上消失了。

"啊!"马夫们回应道,也离开了。

"不就是那个洋娃娃嘛。"人们听见普林格尔太太用一种轻蔑的口吻说道。

二保姆听见她这么说。接着,三个保姆立即围在格温德琳小姐身旁,轻轻拍她,从口袋里拿出一些不健康的东西给她,尽力快点催她离开克兰斯顿公馆,以免被楼上发现她们让格温德琳·兰卡斯特－道格拉斯－斯克鲁普小姐手里抱着洋娃娃摔在主楼梯上。洋娃娃被摔得粉碎,保姆用格温德琳小姐的小斗篷包着洋娃娃的碎片,拿在手里。公馆离海德公园不远,她们找到一个偏僻的角落,想办法确认格温德琳小姐没有受伤。楼梯上的地毯很厚,很软,而且地毯底下还有一些厚厚的东西让地毯更软。

格温德琳·兰卡斯特－道格拉斯－斯克鲁普小姐有时候会大声喊叫,但是她从来不会哭。正因为这样,保姆才让她独自一人带着洋娃娃尼娜下楼,她一手夹着洋娃娃,另一只手扶着栏杆,沿着地毯的边缘从光滑的大理石楼梯上走下来。所以,她摔跤了,还让尼娜遭了殃。

几个保姆完全肯定格温德琳小姐没有受伤后,便打开洋娃娃帮她仔细查看。它是一个很漂亮的洋娃娃,尺寸很大,模样姣好,健康,有一头真正的黄头发,眼皮会随着逼真的黑色眼睛一开一合。而且,当你抬起又放下它的右胳膊时,它会说"爸爸";转动它的左胳膊时,它会说"妈妈",声音非常清晰。

"它刚摔下的时候,我听见它说'爸',"二保姆说,她好像什么都听见了似的,"但是,它应该说'爸爸'才对。"

"那是因为它掉在台阶上时,它的胳膊抬起来了,"大保姆说,"等我把它的右胳膊放下时,它就会说另一个'爸'字了。"

"爸。"尼娜透过它那破碎的脸说,因为它的右胳膊被放下来了。它脸的正中间摔裂了,一条丑陋的裂痕从前额的上角裂到鼻子,直到那条淡绿色的哈伯德大妈丝绸长裙的小褶皱衣领处,还有两片三个角的瓷器脱落了。

"我觉得,它被摔成这样还能说话已经是个奇迹了。"二保姆说。

"你得把它送到皮克勒先生那里去。"大保姆对她说,"那儿离得不远,你最好立刻过去。"

格温德琳小姐正忙着用一个小铲子在地上挖洞,没注意到这几个保姆的对话。

"您在做什么?"保姆在一旁看着,问道。

"尼娜死了，我在给它挖一个坟墓。"公爵小姐若有所思地回道。

"噢，它会顺利活过来的。"保姆说。

二保姆把尼娜包起来，准备出发。幸亏一位长着大长腿、戴着一顶小帽子的好心士兵恰巧在场，正好他没事可做，便主动提出要把二保姆安全送到皮克勒先生家，再把她送回来。

伯纳德·皮克勒先生和他的小女儿住在一条小巷里的一间小屋子里，这条小巷直通一条离贝尔格雷夫广场不远的狭窄街道。他是一名出色的洋娃娃医生，因为多次给贵族修理洋娃娃，他经验丰富。他修理过各种大小、不同年龄的洋娃娃，有男娃娃、女娃娃、穿着长衣服的婴儿娃娃、穿着时尚袍子的成人娃娃、会说话的娃娃、不会说话的娃娃；那些躺下会闭眼睛的娃娃，那些要用一根神秘电线帮助它闭眼的娃娃。他的女儿埃尔斯刚满12岁，但是她已经非常擅长修理洋娃娃的衣服，处理它们的头发。帮娃娃梳头发可能比你想象的要难得多，虽然在给娃娃梳头时，它们都是安静地坐着。

皮克勒先生祖籍是德国人，但是他的国籍早在多年前就已经被伦敦的大海洋瓦解了，就像许多外国人那样。不过，他还有一两个德国朋友，他们周六晚上会来他家，跟他一起抽烟、玩扑克或是偶尔玩"三人纸牌"游戏。他们称他为"医生先生"，这似乎让皮克勒先生非常高兴。

他看起来比实际年龄老，因为他的胡子相当长而且参差不齐，他的头发斑白稀疏，戴着一副角质架眼镜。埃尔斯则是一个个子瘦小、脸色苍白的孩子，她性格安静而优雅，长着一双黑色的眼睛，棕色的头发编成发辫垂在背上，发辫上扎着一根黑色的缎带。她修理娃娃的衣服，等娃娃们足够强壮之后再把娃娃们送回它们的家。

他们的住所是间小房子，但是两个人住在里面显得有点太大。客厅面对街道，工作室在客厅的后面，楼上有三个房间。但是，父女两人大多数时间都在工作室里度过，因为他们大部分时间，甚至晚上都在工作。

皮克勒先生把尼娜放在桌子上，久久地看着它，直到角质架眼镜后面的双眼满是泪水。他是一个容易动感情的男人，而且他常常爱上他修理的洋娃娃，当这些洋娃娃冲他微笑了几天之后，他就很难与它们分离。对他而言，它们都是真正的小人儿，有着它们自己的性格、思想和情感，他对待所有娃娃都很温柔。但是，有些娃娃第一眼就能特别吸引他，当那些受伤了或者破损了的娃娃被带到他跟前，它们的状态总让他心生怜悯，所以泪水总是情不自禁地涌入他的眼眶。你们一定要记得，他生命中的大部分时光都是陪洋娃娃度过的，而且他了解它们。

"你怎么知道它们什么也感受不到？"他继续对埃尔斯说，"你得温柔地对待它们。对这些小东西温柔也不需要花费什么，但是可能这对它们而言就大不相同了。"

埃尔斯也理解他，因为她是个小孩子，而且她知道，她父亲爱她超过对所有洋娃娃的爱。

他对尼娜一见钟情，也许是因为它那双漂亮的棕色玻璃眼睛在某种程度上就像埃尔斯的眼睛一样，而他爱埃尔斯超过一切，全身心地爱着她。况且，那是一副很悲伤的情景。尼娜显然来到这个世界上不久，因为它的肤色完美无瑕，它的头发在该直的地方直，在该卷的地方卷，而它的丝绸衣服也是全新的。然而，它的脸上却有一道可怕的裂痕，就像是被砍出来的伤口，伤口很深且里面发暗，但是边沿却干净而且刺手。当他轻轻地按住它的脑袋，抚平那道伤口时，裂痕边沿发出一阵尖锐刺耳的声音，听起来非常痛苦，那双黑色眼睛上的眼睑也在发抖，好像尼娜正在经历可怕的痛苦。

"可怜的尼娜！"他难过地感叹道，"但是，我不会让你很痛的，不过你要花很长时间才能结实起来。"

每当有人把破损的洋娃娃送到他这里来修补时，他总会问它们的名字，有时候人们知道孩子们怎么称呼那些洋娃娃，就会告诉他。他喜欢"尼娜"这个名字。总而言之，与他多年来见过的洋娃娃们相比，尼娜各方面都让他满意，而且他感觉被它吸引，所以他下定决心，无论耗费多少精力，他都要让它恢复到完美无瑕、强壮结实。

皮克勒先生每次都耐心地一点点修补，埃尔斯则看着他。她不能为可怜的尼娜做任何事，因为尼娜的衣服不需要修补。娃娃医生工作的时间越长，他就越喜欢那黄色的头发和那双漂亮的棕色玻璃眼睛。有时候，他甚至忘记了其他娃娃正一排排躺在架子上等待修补；有时候，他坐下来一个小时只盯着尼娜的脸看，而且他也会绞尽脑汁发明一些新的东西以隐藏那次可怕事故导致的伤痕。

它被修补得天衣无缝，甚至连他自己都不得不承认这点。但是，那道疤痕还是躲不过他犀利的双眼，一条非常细小的线，从左到右，正好在脸上。不过，所有的条件都最有利于治疗，因为黏合剂在第一次就固定得相当牢固，天气也一直很好、很干燥，这对洋娃娃医院很重要。

最后，他知道自己再也不能做什么了，而且二保姆已经来过两次看修补工作是否结束，因为她粗俗地表达过这点。

"尼娜还不是很结实。"皮克勒先生每次都这样答复，因为他还没准备好如何面对分离。

此时此刻，他坐在那张他工作的方形修补台前，尼娜最后一次躺在他面前，一个棕色的大纸盒放在它身边。他觉得，那个纸盒就像它的棺木，正在等待它。他不得不把它装进盒子里去，再把卫生纸放在它可爱的脸上，然后再盖上盖子。一想到要在盒子上系上绳子，他的双眼就再一次被泪水模糊。他将再也看不到那双漂亮的棕色玻璃眼睛里的深邃，再也听不到它发出那轻柔而僵硬的"爸爸""妈妈"的声音了。那真是一个令人痛苦的时刻。

他知道，在分离面前拖延时间最终是徒劳无益，他拿起装黏合剂、胶水、胶棒和颜料的小瓶子，一个个依次看了一遍，然后看着尼娜的脸。他所有的小工具都摆放在那里，整整齐齐地排成一排，但是他知道，他不能再为尼娜使用它们了。它终于变得十分结实了，在一个没有残忍孩童们伤害它的国度里，它或许能够活上一百年。只有它脸上那道极其细微的线条将讲述那可怕的事实：它曾经被摔在了克兰斯顿公馆的大理石台阶上。

顿时，皮克勒先生内心十分充实。他突然从座位上站起来，转过身。

"埃尔斯，"他不安地说道，"你必须为我做这件事。看见它被装进盒子里，我受不了。"

因此，他转过身背对着埃尔斯，站在窗口。埃尔斯替他完成了他没有勇气做的事情。

"装好了吗？"他问道，但没有转过身来，"那么，把它送走吧，我的宝贝。戴上你的帽子，快点带它到克兰斯顿公馆去。等你走了，我再转过身来。"

埃尔斯已经习惯了父亲对待洋娃娃的奇怪方式，不过她从未见过他这样因一次分离而难过,所以她很是惊奇。

"快点回来啊。"听见女儿的手打开门闩时,他嘱咐道,"天色已经晚了,我本来不应该这时候让你去的。但是,我实在无法忍受分离的到来。"

埃尔斯离开后,他从窗户跟前走回到之前在桌子旁边的座位坐下,等着女儿的归来。他温柔地摸了摸尼娜曾经躺过的地方,回想着那张温柔的粉色脸蛋,那双玻璃眼睛,还有那头黄色的卷发,就好像还能看见它似的。

晚春季节,夜很长。但天很快就开始黑下来了,皮克勒先生纳闷埃尔斯怎么还没有回家。她已经去了一个半小时了,比他预期的时间要长得多了,因为从贝尔格雷夫广场到克兰斯顿公馆只有不到半英里路。他思忖着,女儿可能一直在等,但是黄昏渐浓,他愈发担心。他站起来在昏暗的工作室里来回踱步,这回不是在想尼娜,而是想埃尔斯,他自己活生生的孩子,他深爱的孩子。

一种无可名状、令人不安的感觉悄悄地涌上他的心头,一丝凉意和一种微弱的不安掠过他稀薄的头发,一种渴望有人陪伴而不再是一个人独处的愿望油然而生。这是恐惧的兆头。

他骂自己是个老笨蛋,满口英语带着浓浓的德语口音,接着开始在黑暗中摸索着寻找火柴。他知道火柴应该放在哪里,因为他总是把它们放在同一个地方，就在靠近他装修补娃娃的各种颜色封蜡的小锡盒子旁。但是，在昏暗中，他不知怎么找不到火柴了。

他敢肯定，埃尔斯一定出事儿了。他的恐惧感越来越强烈，他觉得如果能够找到亮光，看看时间，他的恐惧感可能会缓和些。他又骂了句"老笨蛋"，在黑暗中他的声音把自己吓了一跳。他找不到火柴。

窗外还是灰色的。如果皮克勒先生走到窗户旁，也许能够看清楚现在几点，之后他就可以从纸盒子里拿到火柴。他从桌子旁边站起来，离开椅子，开始穿过木地板。

黑暗中有东西尾随着他，好像是一阵轻微而急促的脚步声，好像一双脚在木板上行走。他停下来仔细地听，他的发根感到刺痛。什么也没有，他真是个愚蠢的老头。他又走了两步，很确定这次又听到了轻轻的脚步声。他转过身背对着窗户，依靠在窗框上，窗格玻璃开始破裂，他面对着黑暗。一切都很安静，空气中像往常一样杂糅着糨糊、黏合剂和木头锉屑的气味。

"是你吗，埃尔斯？"他问道，惊讶于自己声音中的恐惧。

房间里没有回音，他抬起手表，试图通过那还不算黑的灰暗看清楚此时的时间。就他能够看见的范围里，已经是十点过两三分钟了。他一个人待得太久了。他很震惊，为埃尔斯担心。这么晚，一个人在伦敦，想到这里他猛地冲到房间门口。当他摸索着去找门闩时，清楚地听见一双小脚在他身后跑动。

"老鼠!"他无力地叫道,这时门正好打开了。

他迅速把门关紧,感觉好像有一个冰冷的东西停在他的背上,在他身上蠕动。走廊里很暗,但是他找到了帽子,立即走进了胡同,更加自由地呼吸。他惊讶地发现,外面天色还很亮,他可以清楚地看清脚下的路,在胡同通往的街道远处,他能够听见孩子们的笑声和喊声,他们在户外玩游戏。他奇怪自己为什么会这么紧张,有那么一瞬间,他甚至打算回到屋里去安安静静地等埃尔斯回来。但是,他立即又感觉到有东西悄悄地爬到他身上,让他紧张害怕。无论如何,最好到克兰斯顿公馆去向仆人们打听一下孩子的下落,说不定哪位妇人喜欢上了她,现在正请她吃点心、喝茶呢。

他很快就走到了贝尔格雷夫广场,然后走上大街,他边走边听那小脚步声,但是他什么声音也没听到。当他来到那栋大房子敲响仆人的门铃时,他还嘲笑自己。当然,埃尔斯肯定在那里。

开门的是一个下等仆人,因为那是一扇后门,但是他装腔作势地使用前门的礼仪。仆人提着一盏非常亮的灯傲慢地盯着皮克勒先生。

没有看见小女孩,而且他根本不知道什么"娃娃的事"。

"她是我的小女儿。"皮克勒先生战栗地说道,他所有的焦虑递增了十倍,"我担心她出事了。"

那个下人粗鲁地说:"她在那座房子里什么事也不会发生,因为她压根就没来过这里,这就是最好的理由。"皮克勒先生不得不承认,这个人应该知道,因为他的工作就是守门,放人进去。他希望能够被允许跟二保姆说话,因为二保姆认识他。但是,那个下人更加粗鲁,最后把他拒之门外。

洋娃娃医生独自回到街上,他扶着栏杆让自己平静下来,因为他感觉自己好像要从脊柱中间被分成两半了,就好像有些娃娃那样。

他知道,此时必须行动起来去寻找埃尔斯,这个想法给了他力量。他开始快速穿过街道,跟着每条他女儿可能会走的大路小路走。他还问了几个警察是否看见过埃尔斯,但是都徒劳无功,大部分警察都温和地回答了他,因为他们看见他是个冷静的人,精神正常,而且其中有几个人自己也有女儿。

当他回到自己家门口时,已经凌晨一点多。此时的他筋疲力尽,心碎绝望了。当他把钥匙插入锁孔时,他的心脏停止了,因为他知道自己是清醒的,没有在做梦,这次他真的听见那些轻微的脚步声正在房子的走廊里迎接他。

然而,此刻他已经伤心透顶,也不再感到害怕了。他的心脏继续跳动着,带有一种迟钝而规律的疼痛,每一次跳动都让他感到一阵痛苦。他就这样走进屋,在黑暗中挂起帽子,在硬纸盒里找到火柴,在角落里找到了烛台。

皮克勒先生已经被打败,被弄得筋疲力尽,他坐在工作台前的椅子上,几近昏厥,他的脑袋耷拉在交叉的双手上。孤独的蜡烛在他旁边燃烧,低迷的火焰在寂静温暖的空气中静静地燃烧。

"埃尔斯!埃尔斯!"他枕在发黄的指关节上痛苦地呻吟。他能说的只有这些,但是这丝毫不能安慰他。相反,埃尔斯的名字就像穿透他耳朵、脑袋和灵魂的新的刺痛。每当他重复这个名字,就意味着小埃尔斯已经死了,死在黑暗的伦敦街头的某个角落。

他伤心透顶,以至于感觉不到有东西在轻轻地拉他旧大衣的衣角,那个动作如此轻柔,就好像一只小老鼠在啃噬一般。如果他注意到了的话,他也可能会以为那真的是一只老鼠。

"埃尔斯!埃尔斯!"他枕着双手痛苦地呻吟道。

接着,一口凉气吹乱了他稀疏的头发,那支蜡烛低迷的火焰几乎落下了一朵火花,不是像有一股气流要将它吹灭那样闪烁,而是像它要燃尽熄灭一样。皮克勒先生觉得他脸庞下的双手因为害怕而变得僵硬,这时响起一阵微弱的忙乱声,好像某种小型的丝质东西在微风中吹动。他坐直了身子,荒凉而恐惧,这时他听见寂静中响起一个细小而僵硬的声音。

"爸——爸。"两个音节之间有明显停顿的痕迹。

皮克勒先生跳起来，后面的椅子摔倒在木地板上。蜡烛几乎快要燃尽了。

刚才那正是尼娜娃娃的声音，他能在一百个娃娃当中辨认出它的声音。而且，这个声音里还有其他别的什么东西，像是人类的声音，带有一种令人怜悯的哭声和一种求助的召唤，一个受伤孩子的哀号。皮克勒先生僵硬地站起来，在周围四处找寻，但是起初他什么也看不见，因为他好像从头到脚都被冻住了。

接着他费了好大的劲儿，抬起两只手压在太阳穴上，按住自己的脑袋，转动它，就像他转动洋娃娃的脑袋那样。蜡烛已经快要燃尽了，无论它发出什么样的光芒，房间似乎都显得特别暗。然后，他看见了一个东西。他简直不敢相信，此时此刻，他居然比之前更害怕。但是，事实的确如此，他的双膝在抖动，因为他看见那个洋娃娃站在地板中间，散发着一股微弱的、鬼魅般的光芒，它那双美丽的、玻璃球棕色的眼睛正看着他的眼睛。在它的脸上，他修补的那道很细小的裂痕在闪耀，好像它用一套白色的火焰吸收了一道光芒。

然而，这双眼睛不像是娃娃的双眼，它闪着一丝人类的气息，像是埃尔斯的眼睛；但又好像只是娃娃在透过这双眼睛看着他，并非埃尔斯。娃娃身上埃尔斯的痕迹让他重新感受到所有的痛，让他忘记了自己的恐惧。

"埃尔斯！我的小埃尔斯！"他大声叫道。

那个小幽灵移动了，它那娃娃的胳膊缓慢地抬起来，又以一种僵硬而机械的动作放下去。

"爸——爸。"幽灵叫道。

木制语调中回响着埃尔斯的语气，比前一次更神似，如此清晰地进入皮克勒先生的耳朵，却又是如此遥远。他肯定，是埃尔斯在叫他。

他的脸在昏暗中变得煞白，但是他的膝盖不再发抖，他觉得自己不再那么害怕了。

"我在,孩子！但是,在哪里？在哪里？你在哪里,埃尔斯？"他问。

"爸——爸！"

这两个字消失在安静的房间里。一阵丝绸服饰的窸窣声响起，那双棕色的玻璃眼睛缓缓地转开，当那个影子径直跑到门口时，皮克勒先生听见一双穿着铜制儿童拖鞋的小脚发出的"噼里啪啦"的声音。烛光的火焰又升高了，房间被照亮了，他独自在那里。

皮克勒先生用一只手捂住双眼，又放下，他四周看看。他可以清楚地看见一切，而且他觉得他肯定是在做梦，但是他是站着而不是坐着，如果他刚刚醒来的话，他应该是坐着的。此时，烛光很亮，有很多娃娃等着被修理，它们露出脚趾一排排躺在架子上。第三个洋娃娃丢了它的右脚鞋子，埃尔斯正在为它做。他知道，他现在肯定不是在做梦。

当他寻找无果，回来后，他就一直不是在做梦，他确实听到了娃娃跑到门口去的脚步声。他也没有在椅子上睡着。他正伤心欲碎，怎么可能睡得着呢？他一直是醒着的。

他让自己冷静下来，坐在那张倒在地上的椅子脚上，又开始自言自语地骂自己是个老笨蛋。他应该到街上去寻找他的孩子，去问警察局或者医院，只要一有事故发生，就会上报到那里去的。

"爸——爸！"

那个带着渴望与哀号，可怜的、小小的、呆板的叫声从门外走廊里响起，皮克勒先生立即站起来，脸色苍白，呆呆地来到走廊门口。一会儿之后，他的手扶着门闩。接着，他来到了走廊上，灯光从他身后开着的门里流出来。

就在另一端，他看见一个小幽灵在影子下清楚地发光，幽灵的胳膊抬起来又放下，右手好像是在向他召唤。他立即明白，它不是来吓唬他的，而是来带领他的。这时它消失了，他勇敢地朝门口走去，他知道它就在外面的街道上等着他。此刻，他忘记了自身的疲倦和饥饿，忘记他已经行走了好几英里，因为他突然燃起了希望。

他足以肯定，在胡同的角落里，在街道的角落，在贝尔格雷夫广场，他看见了那个小幽灵在他前面掠过。当有其他光体时，它只是一个影子；但当灯光照在它那件小小的哈伯德大妈丝绸长裙上时，它便发出一种浅绿色的光芒。有时候,当街上昏暗、安静时,它整个人影,尤其是它那黄色的卷发和粉色的脸颊就闪耀起光芒。它就好像一个小孩在蹒跚漫步,当它跑起来时,皮克勒先生几乎可以听见铜制的儿童拖鞋在路面上发出的啪嗒声。但是,当它走得很快时,他只能勉强赶上它,还要把他的帽子扯下来放在后脑勺,夜晚的微风吹拂着他那稀疏的头发,角质架眼镜稳稳地戴在他宽大的鼻梁上。

他继续往前走啊走,根本不知道自己身在何处。他甚至不介意,因为他确信自己走的道路是正确的。

最后,终于在一条宽敞安静的街道上,他站在一扇看起来很庄严的大门口,门口两边各有一盏灯,还有一个光滑的铜铃手柄,他拉住那个手柄。

就在门口不远处,在明亮的灯光下,那个小影子站在那里,那件小小的丝绸衣服发出浅绿色光辉,那个小小的声音再次进入他的耳内,此时不再那么可怜,但更加渴望。

"爸——爸!"

影子突然变得明亮,在亮光中,那双漂亮的棕色玻璃眼睛欢快地看着他的眼睛,而那张粉红色的小嘴笑得如此神圣,那个幽灵娃娃此刻看起来简直就像一个天使。

"十点以后一个小女孩被送进来,"医院的门卫说,"我想,他们认为她只是受惊了。她当时紧紧抱着一个大大的棕色纸盒子,他们没办法从她怀里拿开。他们把她抬进来时,她有一条长棕辫子掉下来了。"

"她是我的小女儿。"皮克勒先生说,但是他几乎听不见自己的声音。

他在儿童病房柔和的灯光中俯身看着埃尔斯的脸庞,他站在那里时,那双漂亮的棕色眼睛突然睁开了,看着他的眼睛。

"爸——爸!"埃尔斯轻声叫道,"我知道你会来的!"

皮克勒先生一时不知道自己该做些什么或说些什么,之前差点要了他命的担心、恐惧和绝望在此刻都是值得的。不久后,埃尔斯讲述了她的故事,护士同意让她说,因为病房里只有她和另外两个小孩,而且他们都快好了,都睡得很香。

"有几个坏模样的大男孩,"埃尔斯说,"他们想要从我手里抢走尼娜,但是我紧紧抓住它,尽力跟他们搏斗,直到其中有个人用东西打中了我,然后我就什么都不记得了,我昏倒了。我想,那几个男生跑了,但是有人发现我在那里。不过,我担心尼娜现在全部都碎了。"

"盒子在这里,"护士说,"我们没办法从她怀里取出盒子,直到她苏醒过来。你要不要过来看看洋娃娃是不是碎了?"

护士说完,轻巧地解开绳子,但是尼娜已经被摔成了碎片,只有儿童病房的柔和灯光折射出那件哈伯德大妈长裙褶皱的绿色光芒。

## 生死兄弟

有人跳船了！

没错——我在孩提时，就经常听说"有人跳船"，甚至还有一两次我看见有人跳下去。有很多人就是那样消失的，这点远洋轮船浑然不知。一个漆黑的夜晚，我正凭栏凝望，这时，有东西从我的后脑勺飞过，离我一步之遥，仿佛是一只黑色的大蝙蝠，紧接着是飞溅起的浪花！司炉工人们经常跳船，他们被高温烤得难以忍受，就爬上甲板，人们还没来得及阻止，他们就消失了，甚至经常没有人看见或听见他们跳船。船上的乘客偶尔也会跳船，但他们大多都有自认为充分的理由。我曾见过一个人，他用自己的左轮手枪扫射前面的一群移民，子弹用尽后，他就像火箭一般跳进了海里。任何一个自重的船长都会不惜一切代价去救人，如果天气不是那么恶劣的话，他甚至可能会冒着牺牲自己轮船的危险去救人。但是，在我的记忆中，好像不记得见过有人跳下去之后还能被救上来的，不过我们倒是经常会在海里捡到救生圈，也有时候会是某个家伙的帽子。司炉工人和乘客们会跳船，但是，水手从不会这样做，无论他们喝醉时还是清醒时。没错，人们说，在一些条件艰苦的船上也会有水手跳船，但是，我从没亲眼见过。曾经有一次，一个人被捞上来了，但为时已晚，人们还没把他拖上船，他就已经死了。而且——唉，我不知道我以前有没有讲过这个故事——我认识一个家伙，他也跳下去过，但回来就死了。他回来后，我再也没见过他，我们中只有一个人见过他，但是我们都知道他在哪儿。

不，我不是要告诉你"鲨鱼"。这个故事里没有鲨鱼，而且我不知道如果我们俩不是单独在一起——只有你和我的话，我还会不会讲这个故事。不过，你和我已经很熟悉了，或许你会理解。无论如何，你知道我只是在说我所知的一些事情，仅此而已，而且，从这件事情发生之后，我就一直想告诉你，只是没有机会而已。

这是一个很长的故事，已经发生有一段时间了，许多年前就开始了，我没记错的话，应该是在一个十月份开始的。当时，我还是大副。大约三年后，我通过了当地海事局的技能考试。那艘船是来自纽约的

"海伦·B．杰克逊"号，正缓慢向西印度洋前进，它是一艘四桅帆船，船长名叫哈克斯塔夫。这是一艘老式轮船，即使是那时候，它还是一艘不能用蒸汽的"傻瓜"，所有东西都靠手动。你记得吧？当时还有水手在做海岸贸易。它不是一艘条件差的船，虽然船长不太爱和人交际，而且老是拉长着脸，但是他比大多数船长都要好。据说，船上一共有13位船员，后来，人们觉得有人跳船可能与这个数字有关，但是，我小时候觉得这些都是胡说八道。我当时不乐意周五[1]出海，但后来周五也曾出过海，结果什么都没发生。而且有两次，一次有一个人到最后一刻也没有出现，另一次我们是13个船员时，也同样什么都没发生，不过是丢了一两个轻桅或一小块帆布，没有什么更糟糕的事情发生。每当船上有事情发生的时候，我们像你期望的那样航行——没有13个船员，不是在周五，船舱里也没有死人。然而，跳船事件通常就那样发生了。

我敢说，你肯定记得那两个模样相似，姓本顿的男孩吧？没什么奇怪的，因为他俩是双胞胎。他俩和咱们一起乘坐老"波士顿美人"号出海，那时候你是大副，而我还只是负责桅杆的水手。我当时甚至根本分不清他俩谁是谁，尤其是他俩留胡子的时候，就更加难以分辨了。一个是吉姆·本顿，另一个是杰克·本顿。我当时能看出来的唯一区

---

[1] 注：西方文化中，13和周五被认为是不吉利的数字和日子。

别就是，其中一个性格开朗，而且更愿意跟另一个说话，但是，就这点也无法很肯定地区分他俩。也许，他们都有情绪。不管怎样，他们当中有一个人独处的时候总是喜欢吹口哨。他只会一首曲子，就是那首《李南希》，而另一个兄弟根本就不会任何曲子。不过，我也说不准。或许他俩都知道这首曲子。

唉，后来本顿兄弟出现在"海伦·B.杰克逊"号甲板上。自"波士顿美人"之后，他俩已经在六艘船上服务过了，他们长大了，成了优秀的水手。本顿兄弟的胡须是淡红色的，蓝色的双眼炯炯有神，脸上长满雀斑。他们话不多，很擅长整理桅杆绳索，非常愿意干活儿。

两个人都是很棒的舵手。他们俩设法分在同一班次——在"海伦"号上，他俩在左舷班，正好和我同一班，我很信任这两兄弟。如果上桅有任何工作需要两个人做的，他们总是冲在前头去整理索具，但是那种事情在纵帆船上并不经常发生。如果起风了，他们就会把三角帆收起来，他们从不介意衣服被淋湿。收帆时，他们肯定是第一个跑到船首斜桅去帮忙的。为此，大家都喜欢他俩，因为他们从不自吹自擂。我记得有一天缩帆时，落帆索松开，从后纵帆的顶上落到了甲板上。当天气好转，我们把帆收起来后，忘记了落帆索，后来我们准备要用的时候才想起来。这时海水上涨，吊杆落下，斜桁猛击。本顿兄弟中一人正在掌舵，我还没来得及弄明白他在做什么，另一个已经拿着新的落帆索爬到斜桁上去了，试图用落帆索把绳索穿起来。掌舵的兄弟看着他，脸色跟纸一样白。兄弟中另一人在斜桁顶端摇摆。斜桁每次滚到背风面，他就被急拉上去，那个力量足以把一只猴子扔到空中，但是他始终没有放弃，直到把新绳子穿进去，才安然无恙地回到甲板。我想那个在掌舵的人是杰克，就是那个看起来更加开朗的，另外一个是吹《李南希》曲子的那位。杰克宁愿自己去干那个活儿，也不想眼看着自己的兄弟去，所以他一副受惊吓的表情，但是他尽量把船驾稳，每当吉姆设法回到桅杆顶抓牢的时候，他才会长长地舒一口气。

他们的穿着也很好，是前甲板上衣着整洁的男人。我知道他们没有什么家人——没有母亲，没有姐妹，也没有妻子。不过，看起来好像时不时有一个女人缠着他们。我记得他俩共用一个水手袋，袋子里有一个女人的顶针。有船员问过他们关于这个顶针的事，他们面面相觑，兄弟中的一个笑了笑，但另一个没理睬。他们俩大多数的衣服都很像，但是共用一件红色的水手衫。有一段时间，我一直以为只有其中一个兄弟穿这件水手衫，当时我觉得或许可以通过这个来区分他俩。可是，有一次我听到兄弟中一个问另外一个要那件水手衫，还说另外一个上次已经穿过了。所以，没什么可以区分他们的标志了。船上的厨子是个西印度人，名叫詹姆斯·劳勒。他的父亲因为放火烧了别人家的椰子树被绞死了，不过他是个精通业务的好厨子，而且并非每周日都是个干苦差事的日子。那是我想要说的。周末的时候，这个厨子管那两个男孩都叫吉姆，平日里就管他们都叫杰克。他说，这样的话，他总能叫对一次，因为就连那个上了油漆的时钟上的时针一天也能走对两次。

我在努力找出分辨这两兄弟的办法时，听到一件令人惊讶的事：他俩在谈论一个姑娘。那是一个晚上，我们值班的时候，突然刮起了海风，阻止了我们前进的步伐，我们降下上桅帆时，本顿兄弟在船尾收拾好了后桅纵帆。兄弟中的一个人回到驾驶室。我独自在绕后桅上帆的落帆索，正准备去驾驶室里看看船的走向，这时我停下来，斜靠在甲板上，去看一束灯光。我站在那里，听到两兄弟正在说话。听起来好像他们之前也讨论过相同的事，根据我的判断，我第一个听到的声音是那个性格比较内向，也就是大家都认识的吉姆。

"玛米知道吗？"吉姆问。

"还不知道，"杰克低声答道，他正在开船，"我打算下次咱们回家的时候再告诉她。"

"好的。"

我只听到这些，我不想站在那里偷听他们谈论私事，所以走开了，过来一会儿去看罗经柜，然后我告诉在开船的那个兄弟让船保持直行，因为我觉得风不久还会刮回来，而背风面就是陆地。他回答我的时候，声音听起来似乎不像是那个性格开朗的人。也许，他们在谈话的时候，他的兄弟已经放开方向盘了，但是刚才听到的内容让我开始琢磨，他们俩到底谁在家里有女人。天气好的时候，在船上有大把的时间去琢磨事情。

不久，我感觉这两兄弟在一起时比以前更沉默。他们可能猜到我那天晚上听到了他们的谈话，所以我一出现他们就保持沉默。我觉得，如果我泄露秘密的话，肯定会有人拿他们开玩笑，看看哪个人在家有女人。但是，不知怎么，我不喜欢干这种事。没错，我当时自己也在考虑结婚的事，对那种情况有种同病相怜的感觉，所以我不想打趣他们。

在我看来，他俩话不多，但是天气晴朗，晚上没事干的时候，兄弟俩一个开船，另一个就一直在旁边聊天，好像在等他兄弟放开驾驶盘一样。实际上，对我而言，这样的天气还不如好好睡个觉。要不然就是，兄弟中一个在瞭望台上值班时，另一个就会一直坐在他旁边的锚上。我发现，他俩总是形影不离，白天如此，晚上更是如此。他们俩喜欢坐在那个锚上，而且总是在锚下敲烟斗。大多数情况下，"海伦"号都是一艘干燥的船，像大多数舱口纵桁一样，"海伦"号迎风驾驶比自由航行要表现得更好。在阳光明媚的海面，我们有时候会在船尾装上一点水。不知道怎么回事，那次航行中我们的船是船尾下沉的，这也是我们会失去那个人的原因。

我们遇到一阵从南面刮起来的狂风，起初是从东南面来的，紧接着气压计直线下降，一股巨浪开始从南面涌来。几个月前，我们可能会遭遇飓风，但当时那片海域已经是"在十月"了，这点你比我更清楚。就这样，开始刮风，接着就下雨。在风刮大之前，我们有足够的时间把一切都准备得舒适。太阳落山后，风更大了，那时候天已经很黑了，接着就是一阵强风了。为此，我们缩短了船帆，但因为是船尾吃水的船，所以我们用的船后桅纵帆基本上就是缩帆，而不是暴风雨时用的斜桁帆。这样，只要我们不逆风停船，它就能航行得更稳。我和本顿兄弟值第一轮班，当时我们有一个小时没到甲板上去，有个水手当时可能已经预感到那样的天气会出事。

船长来到甲板，四周看了看，立即让我们给船挂起斜桁帆。那就意味着我们要逆风停船了，这让我高兴，因为"海伦"号虽然是一艘够好的船，但是它已经航行了很长的距离，不是一艘新船了，在那样的天气里航行对它不利。我问是不是应该叫所有的水手都来帮忙，但是就在那时候厨师上前来，船长觉得我们应该自己想办法解决，不要叫醒已经睡着的水手，而且斜桁帆已经在甲板上了，因为我们已经做好了最坏的打算。我们所有人都穿着油布雨衣，当然，那时候天已经黑得像是在煤矿井里般，只有从罗经柜罩的缝隙里漏出来的一丝光线，只能靠声音来分辨谁是谁了。船长掌舵，我们在船腹部吊杆，船长把船挤进风中，直到几乎没法前进。此时，已经下起了暴风雨，我和这两兄弟能做的只有松开落帆索，这时其他人就在吊杆顶部和喉部放低船帆。我们所有人手里都抓着那湿漉漉的船帆，在这样的天气里，与收上桅帆的人相比，这不过是孩子们在船头船尾玩的小把戏，但纵帆船的装置有时候会出现意外，而且那些连在一起、长长的收帆索，一旦散落，就很难收回来。我记得，当时我正抱怨那个特殊的工作是多么不方便，有人解开了升降索的喉头结，以为把它勾在了斜桁帆的头索眼里了，那人喊其他人把斜桁帆吊起来，结果天太黑，他没有挂进索眼，那个沉重的斜桁帆就这样飞进了背风处的索具里，差点把那人给吊死，还好升降索最后又被风吹回来了。那时，船长将船在风中稳住，船首的三角帆在风中作响，发出雷鸣般的呼啸。然后，他把船拖住，这样前帆鼓起后，船就前进了，但是没有船后纵桅帆，船长没法让船回来。紧接着，"海伦"号耍了一手它最喜欢的花招，我们还没来得及说什么，船上就已经都是海水了，水深及腰，斜桁帆的索箍只有一半系在桅杆上，甲板上都是装置，支架板上连个落脚地儿都没有，船后桅纵帆又脱落了，被粗暴地收回来后，从船头到船尾，整个混乱的局面和那种莫名的喜悦表明，情况实际上并不严重。当然，我不是说船长或者任何其他船员不能控制这些伎俩，但是，我认为船长可能以前从来没有上过"海伦"号，或者在那之前他并没有开过这艘船，他不了解这艘船的脾性。我并不是说，发生了这样的事是船长的错。我不知道到底是谁的错。也许，谁也怪不了。但是，我知道我们驶入那片海域时，某个地方发生了某些事，但我绝不会告诉你。我自己一点空余时间都没有，因为我正在把其他斜桁帆固定在桅杆上。我们正在右舷钉钉子时，那个喉头索又掉下来了，我估计至少有三个人在附近，都被吊起来了，我当时正在弄索环。

　　现在我要告诉你一件事。你了解我的，一直看着我长大成人，看着我几次航行，你比我年长，而且你对我总是很友好。你会不会认为我是那种把子虚乌有的事情说得天花乱坠的人？不，你不会。谢谢！好了，那时候我已经递过了最后一个索环，然后我冲大家喊话，告诉他们可以把帆扔出去。当时，我正站在后斜桁帆的入口处，左手拿着斜桁帆的帆边绳，以便它被甩出去时，我能摸到，当时我脑子里什么也没想，只为完成任务而高兴，而且我们马上要逆风停船了。天黑得跟一个煤炭口袋似的，你只能看见海面上掠过的光线，在船尾的甲板上，我能看见罗经柜里发出的微弱光线，落在正掌舵的船长那黄色油布雨衣上，或者说如果那刻我四周看看或许能看见那道光线。但是，我没有看。当时，我听见有人在吹口哨，就是《李南希》那首曲子，我敢发誓，那个人就在我头顶上的桅顶横杆上面。不知道为什么，但我非常清楚，那个时刻如果有人在桅顶上，而且还能吹着小曲儿，肯定是那两兄弟中的一个。

没人有那么尖的耳朵，在甲板上能听见那小曲儿。可是，我听得非常清楚，而且同时我真真切切地听到风的呼啸声，那声音尖锐而清晰，就好像纽约街上外国佬的花生车发出来的汽笛声。这风声没问题，在那种天气里很正常，但另一个声音就不对劲了。我感到怪异，身体僵硬，几乎不能动弹，我的头发竖起来了，紧贴着我油布雨衣的法兰绒线条，好像有人在我的背上扔了一块冰似的。

我是说风在索具之间发出的声音是真实的，但另一个声音似乎不真实，我觉得它不真实，尽管我听见了。但，它确实是真实的，因为船长也听见了。我过去开船时，其他人在清扫甲板，船长正骂骂咧咧。船长是个性格安静的人，我以前从没听见他骂过人，之后好像也从没听他骂过人，虽然后来有好几件奇怪的事情发生了。或许，他只是说了他当时必须要说的，我不明白他怎么还能够说其他的事儿。过去，我觉得，除了那不勒斯人或南美人外，没人能比丹麦人更会骂人了，但是听了船长骂人后，我改变了想法。如果发起飙来，无论在海上还是在岸上都没有人能够胜过一个安静的美国船长。我不需要问他原委，因为我知道他跟我一样听见了《李南希》的曲子，只是它对我们俩的影响不同而已。

船长没把方向盘交给我，而是让我去把第二个阀盖从支索帆上取掉，以便船更好地前行。当我们完成任务，船尾被抬高到薄板上时，我旁边的那个人把他的油布雨衣脱了扔在我肩膀上，他的脸靠得很近，让我在黑暗中也看清楚了。当时那张脸肯定非常苍白，我才能看清，但后来我才想到这点儿。我不明白怎么会有光线落在那张脸上，但我当时很清楚那是本顿兄弟中的一个。我不知道当时是什么促使我跟他说话的。"哈啰，吉姆！是你吗？"我问道。不知为什么我说是吉姆，而不是杰克。

"我是杰克。"他答道。

我们把所有东西都固定好了，四周安静多了。"船长刚才听见你吹《李南希》了，"我说，"不过他好像不喜欢听。"

他的脸上似乎闪过一道白色的光，脸色惨白。我知道他的牙齿正在咯咯作响，但他什么也没说，没过多久，他在桅杆脚下的一个地方，摸着黑，试图寻找他的油布雨衣。

当一切都静下来时，"海伦号"被迫逆风停船，像钟摆一样在风中有规律地摇摆，舵把有点偏向背风处，船长把它归位，我在甲板屋的背风处成功点着了烟斗，在狂风退去之前我们啥也做不了，轮船就像摇篮里的婴儿般放松。当然，厨师已经到船舱去了，他可能一个多小时以前就下去了，所以应该只有我们四个人在当班。瞭望台上一个、驾驶室里一个，虽然此时不需要驾驶了；我正在甲板室的背风处抽烟，还有一个可能也在甲板的某个地方正在抽烟呢。我以为和我一起航海过的一些船长会在船尾叫当班的人，工作后给他们点儿酒喝，但天不是那么冷，我估计我们的船长在这方面也不会特别慷慨。我的双手双脚都已经很热和了，等我值班结束会有足够的时间去换上干燥的衣服。所以，我站在原地抽烟。但是，不久以后，周围变得那么安静，我开始纳闷甲板上为什么没有人走动。我想知道大家都在哪儿，在这样一个狂风大作的晚上，心里的那种不安，是人们偶尔会有的感受。所以，抽完烟后，我开始四处走走。我走到船尾，看见一个人正斜靠着方向盘，借着罗经柜发出的微弱灯光，我看见此人双腿分开，双手下垂，他的油布雨衣遮住了双眼。我继续往前走，瞭望台上有一个人，背靠着桅杆，正从支索帆处寻找他能找到的庇护所。看那矮小的身材，我知道他不是本顿兄弟中的一个。然后，我走到迎风面去，在黑暗中摸索，因为我开始纳闷另外一个人到哪儿去了。我在甲板上找了一圈又回到船尾，还是没找到。毫无疑问，本顿兄弟中的一个不见了。但是，似乎又不是回船舱换衣服去了，因为天气暖和。不过，方向盘旁边的是兄弟中的一个，我跟他说过话。

"吉姆，你兄弟怎么了？"

"长官，我是杰克。"

"哦，那么，杰克，吉姆哪里去了？他不在甲板上。"

"我不知道，长官。"

当我走到他跟前时，他本能地站起来，双手放在方向盘的辐条上，好像他正在驾驶，虽然方向盘在摆动。不过，他仍然低着头，他的脸被油布雨衣的领子遮住了一半，那时他好像正盯着指南针。他说话的声音特别小，那也自然，因为船长进来的时候把门打开了，在这样一个温暖的夜晚，虽然有暴风雨，但是也不用担心船上会进水。

"杰克，你脑子里在想什么，为什么会那样吹口哨？你已经航海有一段时间了，应该挺清楚，不能那样吹口哨的。"

他嘀咕了两句，但我没听清楚，好像是在否认。

"肯定有人吹口哨了。"我说。

但他没有回答，我不知道为什么，也许因为船长没有给我们酒喝，我从油布雨衣的口袋里拿出一根香烟，掰了一英寸递给他。他知道我的香烟不错，所以道了一声谢就放在嘴里了。我正在驾驶室的迎风面。

"你去看看能不能找到吉姆。"我说。

他有点惊讶，接着向后退，从我身后绕到迎风面去。可能是他对吹口哨一事的沉默让我有点恼火，而且他把我们被迫顶风停船看作理所当然。况且在一个黑夜，他可能到处乱走。总之，我拦住了他，尽管我说话的语气特别好。

"从背风面走，杰克。"我说。

他没回话，而是从罗经柜和甲板室的甲板上穿过去来到背风面。

船只不过是来回摇晃,在浩瀚的大海上尽可能随意地漂浮,但这个人脚下不稳,靠着甲板室的墙壁蹒跚而行,然后又靠着背风处的桅杆行走。我很肯定,他绝对没有喝过什么,因为他们俩兄弟都不是那种有酒藏着不给其他船友一起喝的人,如果他们有酒的话,船上的人估计只有船长会不知道。我猜测他是不是被升降索击中受伤了。

我离开驾驶室跟在他后面,但我走到甲板室的角落里时,看见他是跑着向前的,所以我又回去了。我观看了一会儿指南针,看看船走多远了。这艘船肯定已经走了有六次了,这时候我听到前方有声音,大概有三四个人以上的声音,接着我听见那个小个子西印度人厨师的声音,他的声音比其他人都高,而且尖锐。

"有人落水了!"

由于我们已经逆风停船了,而且方向盘也在摇摆,所以我们做不了什么。如果有人落水了,他肯定就在旁边的水里。我没法想象这是怎么发生的,但是我本能地跑向前,先是碰到厨师,他衣服裤子都还没穿好,好像是刚从床上爬起来。他刚跑到护栏旁,显然是希望看见那个落水的人,仿佛黑夜也阻碍不了人们的视线,什么都能看清似的,然而黑色水面上,除了泡沫之外,就是不时被风卷起的波浪,有几个人正凭栏凝视着黑暗的海面。我抓住厨师的脚问他谁不见了。

"吉姆·本顿,"他冲站在下面的我喊道,"他不在这艘船上!"

毋庸置疑，吉姆·本顿失踪了。我立刻明白过来，他是在我们挂起斜桁帆时被那片海给带走的，将近有半个小时了。在我们逆风停船之前，船有几分钟是乱驶的，而且没有任何一个游泳运动员能在那样的海域里存活。那些家伙应该和我一样清楚这点，但他们还死死盯着那些泡沫，仿佛有机会能看见那个失踪的人。我让厨师加入那群人，问他们是不是在甲板上好好找过了，虽然我知道他们肯定找过了，因为他不在甲板上，况且只在下面的前甲板上找也耗费不了多少时间。

"那片海把他吞了，长官，千真万确。"站在我旁边的一个人说。

我们没有能够在那片海域里生存的船,所有人都知道这点。我提议,如果他们有把握可以把我拉上船的话，我就下去将一艘救生艇放下去，用绳子绑住它，让它向船尾漂两三条线缆的长度。但是，没有人赞同我的建议，如果当时尝试这个方法的话，估计我已经被淹死了，即使拿了救生圈也无济于事。因为那是一片危险的海域，而且，所有人都和我一样清楚，那个家伙不可能正好在我们搜寻的那片海域。不知道为什么我又说到这点。

"杰克·本顿，你在吗？如果我去，你愿意去吗？"

"不，长官。"一个声音回道，仅此而已。

那时候船长已经来到甲板上了，他非常粗鲁地把手放在我的肩膀上，好像是打算摇晃我。

34

"我以前觉得你有点脑子,托克尔德森先生。"他说,"如果有用的话,我发誓我会不惜这艘船的代价去寻找他,但他肯定是半小时以前就落水了。"

船长是一个话不多的人,船员们都知道他说得对,而且他们最后一次见到吉姆·本顿的时候也是在挂起斜桁帆的时候——倘若那时候有人看见他的话。船长又下到船舱去了,有一段时间人们都围着杰克,离他非常近,但是什么也没说。每当水手们为一个人感到难过却又帮不上忙的时候,都会这样。接着,下一班当值人员换班了,只剩下我们三个人在甲板上。

没人认为葬礼会给人带来安慰,除非他已经尝到了那种空虚的感觉:当一个大家都喜欢的人突然落水了的那种感觉。我觉得,在岸上的人认为,如果他们不用埋葬父母或亲朋,那生活就要容易得多,但事实并非如此。葬礼在某种程度上保持一种超自然事物的感觉。你可能会相信某些东西都是一样的,然而一个在黑暗中、在两片海域之间失踪的人,连一句喊叫声都没有,与那个仍然躺在床上断了气的人相比,落水这种事情似乎更难以让人接受。也许吉姆·本顿知道这一点,而且他也想回到我们中间。我不知道,我只是在向你叙述所发生的一切,以及你可能会喜欢的东西。

那天晚上,杰克一直站在方向盘旁边直到值勤结束。我不知道他后来有没有睡着，但是四小时之后我到甲板上去，他也在那儿，穿着他的油布雨衣，衣领遮着双眼，目不转睛地盯着罗经柜。我们明白他想站在那里，所以就没去打扰他。也许，当一切都是那么黑暗的时候，能得到一束光线对他而言也是一种安慰。天开始下雨了，通常一阵南风刮过之后就会下雨。我们把所有的盆和桶都拿到甲板上来，把它们放在吊杆甲板下面，想接一些新鲜的水来洗衣服。雨下得很密，我走出去站在支索帆的背风面下，凝视着海面。我能辨别天已经破晓了，因为在黑暗中有波峰的海域上面泡沫更白。渐渐地，那黑色的雨开始变灰，变成雾气，当船摇摆到背风面时，我看不清左舷灯那红色的灯光倒映在水面上。狂风渐渐减弱了，再过一小时我们就要重新启航了。我还站在那里时，杰克·本顿走过来。他在我身旁静静地站了几分钟，雨密密麻麻地下着，我能看见他被淋湿的胡子和脸颊的一角，在黎明中略显灰色。没多久，他蹲下来，开始在锚下面摸索他的烟斗。我们的船基本上没有前进，我估计他的烟斗可能被什么东西卡住了，所以没有被雨水冲走。不久，他又站起来了，我看见他手里拿着两个烟斗，其中一个是他兄弟的。他看了两个烟斗一会儿，我估计他认出了自己的那个，因为他把烟斗放进嘴里，烟斗上还滴着水，然后，他盯着另外一个烟斗一动不动，凝视了良久。我估计，他下定决心后，就静静地把他兄弟的那个烟斗扔到海里去了，甚至都没回头看看我有没有在看着他。我觉得有点可惜，因为那个烟斗是一个上好的木头烟斗，上面有一个镍做的金属箍，肯定有人会很喜欢的。不过，我不想作任何评论，因为他有权随意处理他亡兄的遗物。他把自己烟斗里的水吹出来，用外套把上面的水擦干，一只手放在油布雨衣里。他装满烟斗，站在前桅的背风处下面，费了两三根火柴才把烟斗点着，然后又把烟斗倒过来用牙齿咬着，防止雨水掉进烟斗里面。我不知道为什么自己会注意他所做的一切，而且到现在还记得那么清楚。不过，我似乎很同情他。我一直在想着得说点什么来安慰他，然而，我什么也没想到。天完全亮了之后，我又来到船尾。我猜测船长很快也会出现，命令大家挂起船后桅纵帆，启动方向盘。但是，七击钟声响了之后，船长才出现，那时候乌云散尽，背风面已露出了蓝天——那就是你们过去所谓的"法国人的晴雨表"。

有些人死了，却似乎还活着，不像其他人一样。吉姆·本顿就是这种人。他一直在我的班头上，我无法接受他不跟我一起在甲板上的事实。我总是期待能见到他，而他的兄弟跟他长得一模一样，所以我常常觉得好像看见了他，忘记他已经死了，甚至有时候会把杰克错叫成他。尽管我努力不犯这种错误，因为我知道这肯定会伤害杰克。如果说杰克是两兄弟中性格开朗的那个，就像我总是那么认为的一样，那么他改变了太多，因为他变得比以前的吉姆更加沉默。

一个天气晴朗的午后，我坐在主舱口，修理拖曳式计程仪的发条装置，这个装置有一段时间不太灵光。我干活儿的时候，让厨师给我煮了杯咖啡，让他帮忙拿着我取出来的小螺丝和一个装着我即将要用的鳄鱼油碟子。我发现他没有走开，而是站在旁边，却又没有真正看着我在做什么，好像有话要对我说。我想，如果是值得说的事情，他无论如何都会说的，所以我没有问他。毫无疑问，没多久，他就自己打开了话匣子。当时甲板上一个人也没有，只在驾驶室里有一个人，另外一个人在前面很远的地方。

"托克尔德森先生。"厨师欲言又止。

我以为他要让我去叫那个值班的人打开一袋面粉或是一些酱牛肉。

"怎么了，博士？"我看他没说下去，便问道。

"嗯，托克尔德森先生，"他答道，"我只是想问问你，你觉得我的服务有没有让这个船上的人满意？"

"就我所知，你当然让人满意了，博士。我从没听到船上有人抱怨过你，而且船长也从来没说过什么，你了解你的业务，而且船上的侍者都长得穿不下原来的衣服了，所以我觉得你肯定是让大家满意的。你为什么会觉得你不能让人满意呢？"

我不擅长描述西印度人说话，而且不应该尝试，不过那个厨师绕了好一阵弯，然后告诉我说，他觉得船上的人开始捉弄他，而且他不喜欢那样，他觉得自己不应该忍受这种待遇，所以他想在下一个港口辞工。我告诉他，他是一个大傻瓜，当然，我是这样切入话题的，我告诉他人们越是喜欢一个人，才越会愿意跟他开玩笑，而不会去跟一个他们想除掉的人开玩笑，当然除非那是一个坏玩笑，比如给他的床铺上倒水，或者在他的鞋子里弄上柏油。但是，事实上不是那种真正的玩笑。厨师说，人们想吓唬他，所以他不喜欢，而且他们把东西放在他来回的路上来吓唬他。所以，我告诉他，他真是个大傻瓜竟然会被那些东西吓到。不过，我倒是很想知道他们放了什么东西在他来回的路上。他给了我一个奇怪的答案。他说，不过是一些勺子、叉子和奇怪的盘子，有时候是一只杯子等诸如此类的东西。

我把之前放在帆布下面的计程仪放在帆布的边沿上，看着厨师。他心神不宁，眼睛里流露出一股被迫害的神情，蜡黄的脸显得灰暗。他不是在找麻烦，他确实遇到了麻烦，所以我问了他一些问题。

他说他跟别人一样能够数数，不用指头都能做算数，但他不能用其他方法数数时，确实也要扳手指头，结果总是一样的。他描述说，每当船员们吃过饭后，他和船上的侍者清理现场时，总发现会比我们给出去的要多出来几样。有时候是多出来叉子，有时候是勺子，有时候是一个勺子和一个叉子，而且总会多出来一只盘子。厨师说，他并不是在抱怨这件事。在可怜的吉姆·本顿失踪前，他们多一个人要吃饭，饭后也要为他洗餐具,这点是写在合同里的。如果是这样的话,船上一共有 20 个人。然而,他认为船员们开这种玩笑是不对的。他把所有东西都收拾得井井有条,他把餐具都清点过了,而且也要为这些餐具负责,所以,船员们不应该等他一背过身就取走超出他们需要的东西,然后弄脏它们,还把这些东西跟他们自己的混在一起,这样让他认为……

说到这里,他突然停下来看着我,我也看着他。我不知道他正在想什么,但是我开始猜测,他应该是想:我可不会把这些胡言乱语当成是一种幽默,所以我告诉自己去跟那些船员说,不要拿这样的事情来烦我。

"你在他们坐下来之前把盘子、叉子和勺子都数清楚,并且告诉他们那就是他们得到的所有。他们吃完饭后,你们把这些东西再数一遍,如果这次数的结果不对,那就找出来是谁干的。你知道,肯定是他们中的某个人做的。你又不是新手了,你已经有十多年的出海经验了,如果那些家伙捉弄你,你肯定知道怎么教训他们。"

"如果我能抓到他,"厨师说,"我一定在他祈祷前用刀子捅他。"

那些西印度男人总会提到刀子,尤其是他们被吓坏了的时候。我知道他什么意思,所以没问他,而是继续清理那个新奇的计程仪的铜齿轮,用一根羽毛给轴承上了点油。"长官,用滚水把它洗干净不是更好吗?"厨师结结巴巴地问。他知道自己犯傻了,也急于要再更正过来。

接下来我有两三天没有听到这个奇怪的盘子和餐具的故事了,不过这件事倒是让我思忖了很久。很显然,厨师认为吉姆·本顿已经回来了,虽然他不是很想这么说。在一个晴朗的下午,他的故事听起来确实很傻。天气晴朗的日子里,太阳照在海面上,每一面旗帜都在风中吹拂,大海看起来令人愉悦,像一只刚刚吃过金丝雀的猫般毫无杀伤力。然而,当第一轮班快要结束的时候,弯弯的月亮还没升起,水面一片寂静,船首的三角帆有气无力地挂着,好像一只死鸟的翅膀一般——接着情况不同了。那时候我不止一次开始向四周看看,这时一条鱼跃出水面,想要用它那紧闭的双眼去看一张露出水面的脸。我觉得,当时我们所有人都有那种感觉。

一天下午,我们把一顿新鲜的食物放在三角帆上面,那时不是我当班,但我站在旁边观望。就在那时,杰克·本顿从下面走上来,到锚下面去找他的烟斗。他脸上的表情严肃而僵硬,他的双眼就像钢球一样发出冷酷的光芒。到那时候,他基本上不说话了,但是他还像往常一样当班,没有人对他有抱怨,虽然我们大家都开始纳闷他要为自己的亡兄悲伤多久。我看着他蹲下来,把手伸进藏烟斗的地方,然后站起来,手里拿着两个烟头。

此时,我记得相当清楚,我看见他扔掉了其中一个烟斗,就在飓风过后的第二天清晨。而此时此刻，它又出现了。我觉得，他不可能在锚下面藏了一堆烟斗。我看见了他的脸，绿色中带着白色，就像浅水区的泡沫般。他站在那里凝视两个烟斗好长一段时间。他不是在看哪个是他的，因为我离他站的地方不到五码远，而且其中一个烟斗那天已经被人抽过了，他的手摩擦的地方非常光亮，由骨头做的滤嘴处，也就是他的牙齿咬的地方，已经擦破了。另外一个烟头里面都是水，已经膨胀了，而且裂开了，在我看来，烟头上已经长了绿海草了。

正当我把目光移开的时候，杰克·本顿鬼鬼祟祟地转过头，然后把那个东西藏在裤子口袋里，走到船尾的背风面去，从我的视线中消失了。船员们已经铺开三角旗开始吃东西了，但我悄悄躲在船头的支索帆下面，可以看清杰克的行动，而他看不见我。他正在四下寻找什么。当他捡起一根半弯的铁棒时，手在颤抖。那根铁棒大概一英尺长，是用来转动螺丝圈的，被遗忘在主舱口了。他的手颤抖着从口袋里拿出一根细缆，将浸了水的烟斗绑在那根铁棒上。他不想让它被海水冲开，因为他仔细地缠绕，将烟斗和铁棒紧紧缠在一起，这样它们不会滑开，然后在线缆的末端打了两个半结，又把线缆的两头打上结。他用手试了试，然后偷偷地看看甲板上下，接着悄悄地把烟斗和铁棒扔在桅杆外面。他的动作非常轻，我甚至没有听见水溅起来的声音。如果真有人在船上耍花招，那他们不是针对厨师的。

我向大家打听了杰克·本顿最近的情况,有个人告诉我说他不吃东西,几乎不进食了,而且几乎把手头有的咖啡都喝掉了,他已经用完了自己所有的烟叶,开始用他兄弟留下的烟叶了。

"厨师说事实不是这样的,长官,"那个人羞怯地看着我说,似乎他不想相信,"厨师说从早餐到晚餐现在吃饭的人跟吉姆落水之前一样多,尽管我们少了一个人,而另外一个人几乎什么也不吃。我说是船上的服务生吃了,他很生气。"

我告诉他如果是服务生吃了超过他个人的分量,那么他就得做超过他分内的工作,这样才能保持平衡。但是那个人古怪地笑了,又看着我。

"我只是那样说说,长官,就是那样。我们都知道事实不是这样的。"

"噢?那是怎样的?"

"怎样的?"那个人反问道,突然有点生气,"我不知道是怎样的,但是船上有人和我们一起,就像时钟一样有规律地拿去他的那份。"

"他抽烟吗?"我问,本意是想取笑他,但是当我说出这句话时,突然记起来那根进水的烟斗。

"我估计他还在用他自己的,"那个人用奇怪而低沉的声音回道,"没准等他的用完了,他会拿别人的。"

我记得,那时候大概是早晨九点钟,因为就在那时,船长叫我站到航海精密仪旁边,他在船头进行观察。哈克斯塔夫船长不是那种用一只怀表搞定所有事情的老船长,也不会把精密仪的钥匙藏在腰包里,更不会向大副隐瞒航位推测有多远。他恰恰相反,为此我感到高兴,因为他会在一个对数里面找到错误,或者会告诉我,我用了错误的标记来表示"时差",以前我觉得他甚至可以从"一半的总数,降低的高度"中得出结论。他也总是对的,而且他非常了解铁船和地方偏差,调整方向盘和各种东西。我不知道他怎么会来指挥一艘纵帆式双桅帆船。他从未谈及过自己,也许他曾经是某一艘大型钢制横帆船上的大副,然后有什么事耽搁了他。也许他曾经是一位船长,他的船不是因为自己的错而被搁浅触礁了,所以他不得不重新开始。有时候,他就像你我一样谈吐,但是有时候他也会咬文嚼字,或者像我曾经认识的一些波士顿人那样谈吐。我不确定。我们所有人都偶尔会跟那些见过世面的人成为同船船员。也许他曾经在海军军队,但我觉得他不可能当过海军,因为他是一个非常好的船员,一个生活规律的老帆船船员,他熟悉船帆,而那些海军军队里的家伙很少有人懂这些。唉,咱俩都在桅杆前跟那些口袋里有大师证书的人一起航海过——也包括英国贸易协会证书——如果你借给他们一个六分仪,而且让他们看航海经线仪的话,他们可以在双倍的高度上实现,还报告许多指挥大型横帆船的人。航海术不是一切,船艺也不是。如果你打算到达目的地,那你就会把它放在心里。

我不知道我们的船长是从哪里听说了前面提到的那个问题。可能是船上的服务生告诉他了，或者船员们晚上换班时在他门外面聊天让他听到了。总之，他听到了风声。那天早上他亲眼看到的时候，召集了所有人手到船尾，跟他们讲了一番话，就是那种你可能预料到的谈话。他说，自己没什么可抱怨的，他认为船上的每个人都恪尽职守，而且每个人也都得到了自己的那份，都心满意足。他说，他的船从不是一艘难以驾驭的船；他说，他喜欢安静，所以不想听到任何的谣言，船员们可能也都理解了他的意思。他说，我们都很不幸，但这不能怪任何人。我们失去了一个大家都喜欢而且尊敬的船员，船上的所有人都应该同情这位船员抛下的兄弟。他认为，用刀叉、勺子和烟斗等工具来玩小学生把戏的行为是非常令人讨厌的、笨拙的幼稚行为，是不公平、非人性且胆小的行为。他说，必须立刻停止这种把戏。他就说了这些，然后命令船员们解散了。

自那以后，情况更加糟糕，船员们监视厨师，厨师监视着船员们，仿佛他们要努力抓住彼此的把柄，但是我觉得每个人都感觉到了别的什么东西。一天傍晚，晚饭时间，我在甲板上，杰克向船尾走去换舵手吃饭。当他还在背风面没走过主舱口时，我突然听见有人穿着拖鞋在甲板上奔跑的脚步声，还伴随着一阵叫喊，我看见那个黑人厨师手里拿了一把雕刻刀冲向杰克。我跳起来准备拦住他,这时杰克突然转身,伸出一只手。我离他们有点儿远,还没等我赶过去,厨师就用他的刀向杰克猛刺过去。但是,刀刃没有碰到杰克的一根毫发,厨师的刀好像是一次又一次地刺到空气中,离他的目标至少有四英尺。接着他的右手垂下,在黄昏中我看见他双眼里的白光,他靠着桅杆卷起了小刀,左手抓住了一根系着的桅杆。这时,我已经走到他身边了,抓住他拿刀的手和另一只扶着桅杆的手,因为我担心他会用那根桅杆伤人。可是,杰克·本顿站在那里傻傻地盯着厨师,好像根本没搞懂怎么回事。另一方面,厨师正想继续,因为他无法忍受,牙齿咯咯作响,最后他松开了手里的刀,刀尖插进了甲板。

杰克·本顿只说了一句"他疯了!"就到船尾去了。

杰克离开后,厨师慢慢缓过神来,开始跟我耳语。

"他们有两个人!他们有两个人!神啊,救救我吧!"

不知为何,我没有抓住他的衣领摇醒他,我确实没有那样做。我只是把刀捡起来还给了他,告诉他回到厨房去,不要再犯傻了。你看,他没有刺向杰克,而是刺向某个他看见的东西,而且我知道他看到的是什么,因为我感受到了同一事物,就好像是一块冰从我的后背滑下来。摆弄斜桁帆的那个晚上,我就感觉到了。

当时,船员们看见他向船尾跑去,就跳起来去追,结果看见我抓住了他,就没靠近。不久,那个之前跟我说话的人告诉我发生的一切。那人长着一头红色的头发,是个身材矮壮的家伙。

"哦,"他说,"没什么可说的。杰克·本顿一直和我们一起吃晚饭。他总是坐在后排桌子的那个角落,靠近舱门那边。过去,他的兄弟就坐在他旁边。厨师给了他一块特大的派让他吃完,他吃完后没有留下来抽烟,而是立即离开去换班了。他刚一走开,厨师就从厨房走过来,当他看见杰克的空盘子时,就像往常一样站在那里瞪着盘子。我们都很纳闷发生了什么事,就过去看看那个盘子,才知道,盘子里有两个叉子,长官,两个叉子并排地放着。接着,厨师就抓起他的刀,像火箭般地冲到了主舱口。另外一个叉子好端端地在那里,托克尔德森先生,我们所有人都看见了,还摸了一下。我们所有人都有自己的叉子。我知道的就这些。"

当他把事情的原委告诉我时,我不觉得好笑,但我不希望船长知道,因为我知道他不会相信的,任何一位船长都不会喜欢这样的故事在他的船上流传,这将有损这艘船的声誉。可是,除了厨师之外,其他人也都看见了。厨师不是第一个认为自己在头脑清醒时看见这些事情的人。我想,如果厨师脑子糊涂,就像他后来那样,他可能还会做出傻事,有可能会造成更大的麻烦。但是,他没有。只有两三次我看见他用一种怪异的、恐惧的眼神看着杰克·本顿,有一次我还听见他自言自语地说:"他们有两个人!他们有两个人!神啊,救救我吧!"

他没再提及辞工的事情,但我心里非常清楚,到下一个港口肯定再也见不到他了,他会把钱和整套工具都留下。他完全被吓坏了,除非他能到别的船上工作,否则没法恢复正常。一个人变成了那样,跟他谈话也没用了。当他神志不清时,我们只能派一个小伙子到主舱架去看着。

杰克·本顿从未提起那晚发生的事情。我不确定,他当时是否知道有两个叉子的事情,也不知道他是否了解那个麻烦是什么。无论他从其他船员那里获悉了什么,很明显他生活在一种巨大的压力下。他非常沉默,太沉默了,但他脸上的表情很固执。有时候,当他掌舵时,脸上会出现奇怪的抽搐,那时他就会转过头,用犀利的眼神看着身后。正常情况下,人们不会做出这种动作,除非他认为有船正悄悄地靠近船尾。通常,舵手会对他的船只引以为豪,也会不时地看看身后是不是有其他家伙赶上来,但是,杰克·本顿总是在什么都没出现的情况下往身后看。奇怪的是,其他船员在驾驶方向盘时似乎已经搞清楚了那个把戏。一天,那个人在驾驶方向盘,正当他往身后看时,船长出现了。

"你在看什么?"船长问。

"没什么,长官。"那个人说。

"那把你的目光放在第一根后桅帆上。"船长说,似乎忘了我们的船不是一艘横帆船。

"嗯，嗯，长官。"那个人说。

船长让我到下面去，用推测航行法来看看我们的纬度，他走向甲板室，坐下来看书，往常他也都是这样的。当我和船长上来时，正在开船的那位又在四处张望，我站在他身边，悄悄地问他，大家都在看什么，因为这似乎成了大家共同的一个习惯。起初，他什么也不愿意说，只回答说没看什么，但他看我似乎不那么关心，只是站在那里仿佛没什么可说，这时，他却自然而然地开口了。

他说，不是他在看什么东西，因为那里没什么可看的，除了船后桅纵帆布有点变形，随着这只纵帆船到达浅水海域，船后桅纵帆布就会到障碍物的绞缆车里去。实际上，没什么东西可看，但他觉得帆布在障碍物里发出来的声音有点奇怪。那是一块用吕守绳做的新帆布，而且在晴朗的天气里，它只会发出一点点噪音，就是介于嘎吱嘎吱和呼哧呼哧之间的一种声音。我看了看帆，又看了看开船的人，什么也没说，他继续愉快地驾驶轮船。他问我是不是没有注意到那个噪音中有什么特别之处。我仔细听了一会儿，告诉他没有发现什么异常。

接着，他看起来相当羞怯，告诉我他觉得不可能只有他听错了，因为每个开船的人都会不时地听见同一个声音——有时候是白天一次，有时候是晚上一次，有时候那个声音会持续整整一个小时。

"听起来像是在锯木头。"我说。

"我们觉得,听起来像是一个男人在吹《李南希》的调子。"当他说出最后几个字时,神情开始变得紧张。"长官,又来了,你没听见吗?"他突然问我。

除了吕守绳帆布发出的嘎吱嘎吱声,我什么也没听见。那时已近中午时分,天气晴好,南方海域的天空阳光明媚——就是那种最不可能让你觉得毛骨悚然的天气和时刻。但是,那刻,我突然记起来,14天前,那个飓风席卷的晚上,我是如何听见头顶上方有同样的曲调传来的感觉。不瞒您说,现在说起来,我都有种毛骨悚然的感觉。我当时多么希望能离开"海伦"号,到任何一艘船上去,哪怕是甲板上有风车,哪怕是船长说的"8948"号,哪怕是船舱四壁漏风的船。

接下来的日子里,那艘船上的人渐渐开始四处走动,那种难以忍受的状态,你无法想象。并不是因为他们话很多,我觉得,男人就连自由交谈,彼此表达自己的想法都会害羞。整艘船上的船员都变得沉默,除了布置任务和答复的声音外,几乎没有人说话。当晚班的船员也不再在一起吃饭了,他们要么立即上床睡觉,要么散坐在前甲板上,默默地抽烟,一句话也不说。所有人都在想着同一件事,所有人都感觉到船上有一个人,有时在甲板下面,有时在甲板四周,有时在高处,有时在动臂头端,完全占有其他人拥有的东西,却不干活儿。我们不仅能感受到他，而且还认识他。他不占空间，没有影子，从未听见甲板上响起过他的脚步声，但他像时钟一样有规律地和其他人一起享用他的那份，而且——他还会吹《李南希》。那是最可怕的梦魇，你很难想象。我敢说，有时候，我们中许多人都努力去相信那没什么，尤其是在天气晴朗、微风拂面的日子里。但是，如果我们恰巧转身，彼此对视时，就知道他是比任何梦魇都可怕的事物。我们会把眼神从彼此身上移开，带着一种怪异、病态的感觉，似乎希望能够遇见一个人，他不知道我们所知道的事情，哪怕一次也好。

就我个人而言，"海伦"号本身没什么好说的。它在哈瓦那抛锚时，我们跑进莫罗城堡，就像一船疯子。厨师得了脑热病，神经已经错乱，胡言乱语，其他人离这个状态也不远了。航程的最后三四天简直糟透了，船上比以往任何时候都有可能发生暴乱。船员们不想伤害任何人，只想赶紧离开那艘船，哪怕让他们游泳离开都行，只为赶紧逃离那口哨声，摆脱那个已经死了却又回来了的船友——他用隐形的自我充斥了整艘船。我知道，如果不是我和船长看得紧，船员们说不定就会在某个风平浪静的晚上悄悄地坐上小船跑了，留下船长和我，还有疯了的厨师把这艘纵帆船驶进港。不知怎么回事，我们本来应该这样做的，因为我们离港口已经不远了，但是我们的船不顺风。有一两次我自己都希望船员们跑掉，因为他们那种糟糕的恐惧状态也开始对我产生影响了。你知道,我是半信半疑的。但无论如何,我不想让那东西支配我,不管它是什么东西。我也变得易怒,吩咐船员们做各种工作,迫使他们去面对那个东西,最后他们甚至希望我也落水。并不是我和船长想克扣他们的工资,把他们解散,很抱歉地说,许多船长和大副都这么干,甚至现在还是如此。哈克斯塔夫船长是一个非常正直的人,我不是想骗那些可怜的家伙一分钱,也不想因为他们要弃船而责怪他们,我只是想让大家能正常度过最后那段日子,而在他们下船之前,唯一的办法就是让他们干活。他们只有累得要死时,才能睡一会儿,暂时忘记那个东西,之后他们才能有力气再到甲板上去面对那个东西。那是许多年前的事情了,你以为现在我听不到《李南希》了吗,背脊不会再发凉了吗?当时那个人告诉我他为什么总是往身后看,那之后,我也偶尔会听见那个声音。也许那只是想象,我不确定。现在回想起来,我似乎只记得那场持久战,那场与一个隐形事物之间,与一个可怕的存在之间,与某种比霍乱、黄热病或是瘟疫更可怕的事物之间的战斗。天知道,原本他们中最温和的人在海上爆发后会变得这么坏。船员们都已经吓得脸色苍白,晚上不敢独自一人去甲板上,无论我对他们说什么他们都不肯去。前舱里,厨师躺在床上胡言乱语,简直就是个地狱。船上没有一个空着的客舱,纵帆船上也没有。我把他放在我的舱里,他在那里安静了许多,最后进入了一种昏迷的状态,好像马上要死似的。

我不知道他后来怎么样了,上岸后他还活着,我们就把他送进医院了。

水手们集体从船尾过来,十分安静,他们问船长是不是不打算给他们结工钱就让他们上岸。有些人本来不能下船,因为他们签了合同,要干到航行结束。但是船长清楚,这些水手一旦脑子里有了这种想法,就会变得还不如孩子。如果强迫他们待在船上,他也不能从他们身上得到什么好处,在困难中也不能依靠他们。所以,船长给他们结了工钱,让他们下船了。水手们都走到前面去拿他们的装备时,船长问我是不是也想走。有那么一刻,我也有一种软弱的、想离开的感觉,但是,我没走,所以后来船长成了我的好朋友。也许他是因为我坚持和他在一起,对我心存感激。

水手们离开后,船长就没有上过甲板。水手们下船后,每天站岗就是我的责任了。水手们对我在最后几天强迫他们干活已经怀恨在心了,大部分人离开时都没有像平时那样说些什么,也没多看我一眼。杰克·本顿最后一个离开,他伫立了片刻,看着我,苍白的脸抽动着。我猜,他想对我说什么。

"保重,杰克,"我说,"再见!"

好像有两三秒他说不出话来,然后他的话来得很突兀。

"不是我的错,托克尔德森先生。我发誓,那不是我的错!"

他说完这些,就下船了,留下我在那儿,思忖他到底想表达什么。

我和船长待在船上，船具商找了一个西印度男孩为我们烧饭。

那天晚上，睡觉前，我和船长站在栏杆旁默默地抽着烟，看着大约25英里以外的城市灯光，倒映在平静的水面上，我敢说，是岸上一个水手舞厅里传来某种音乐，毫无疑问，从我们船上离开的人大都在那里，而且已经玩得非常嗨了。音乐里交织着许多水手的歌声，我们听得非常清楚，那些水手的歌声不时传来，此起彼伏，接着响起了《李南希》的曲子，声音响亮而清脆，那些人正在唱"哟——哟，嘻呼——吼！"

"我没有什么音乐鉴赏力，"哈克斯塔夫船长说，"但我觉得这个曲子就是那晚我们失去那个人时，那人吹的。不知道为何这曲子一直印在我的脑子里，当然那些都是胡说八道，但我似乎觉得在后来的航程里我一直听到它。"

我没接他的话，但我很想知道船长当时到底理解了多少。我们上床去睡觉了，我一觉睡了十个小时，眼睛都没睁开过。

自那以后，只要能忍受纵帆船，我就坚持待在"海伦"号上。船在哈瓦那抛锚的那个晚上，是我最后一次在船上听见《李南希》。那个闲人跟其他人一起上了岸，再也没有回来过，他带着他的曲子走了，然而，那一切在我的记忆中是如此清晰，仿佛就如昨天发生的事情一般。

那次航海后，我在深海域待了一年多，回家后我取得了证书。后来，我有了一些朋友，有了一些积蓄，并且从挪威的一个叔叔那里继承了一笔遗产，我当上了一艘近海船舶的船长，也是这艘船的一个小股东。出海之前，我在家里待了三周，杰克·本顿在当地的报纸上看到了我的名字，就给我写信了。

他说，他离开了海去务农了，马上要结婚了，问我是否可以参加他的婚礼，因为乘火车到他那里不到40分钟。他和玛米将会为我参加他们的婚礼而骄傲。我记得，当时听见一个兄弟问另一个兄弟玛米是否知道，我猜测，那可能是问，她是否知道他想娶她。她已经有足够的时间去了解这件事了，因为我们失去吉姆·本顿已将近三年了。

在准备出海的时候我们也没有什么特别要做的事情，我的意思是，没有什么妨碍我出去一天，而且我也想看看杰克·本顿，看看他要娶的姑娘。我很想知道，他是不是已经又变得开朗了，是否已经摆脱了那天他告诉我不是他的错时脸上那副沮丧的表情。无论如何，怎么可能是他的错呢？所以，我写信给杰克，告诉他我会去参加他的婚礼。那天到来的时候，我乘火车，大约上午十点钟到达。我真希望当时没有去。杰克到火车站来接我，告诉我婚礼会在下午晚些时候举行。他告诉我，他和玛米不打算去任何那种傻乎乎的蜜月旅行，只会从她娘家步行到他自己的小屋，对他而言，那就已经够好了。见面之后，我定睛看了他一分钟。我们分开时，我觉得他可能会带我去喝酒，但他没有。他看起来很体面,穿着黑色的外套,戴着衬衫领结,看起来很帅气。不过他比我认识他时更瘦,更加骨感,脸上已经长满皱纹。我觉得他的双眼里有种奇怪的表情,一半是闪躲,一半是受惊。他不应该害怕我,因为我不会跟他的新娘谈论"海伦"号。

他先把我领到他的小屋,看得出来他对自己的小屋感到自豪。小屋离高水位标记不到一条线缆的距离,但是已经退潮了,在沙滩公路的另一侧已经有了一块宽敞的、坚硬的、潮湿的沙地。杰克的一块地就在他的小屋后面,大约有25英里。他说,我们之前看见的一些树,有些就是他自己的。小屋的篱笆被精心修剪过,很整齐。离小屋不远处有一个大小适中的牲畜棚,我在草地上看到一些毛色很好的牛。但我个人觉得,它看起来还不太像一个农场,我估计不久后杰克就会把这些交给妻子来照料,自己又会去出海。不过,我说那是个不错的农场,看起来很不错,因为我不太懂,所以对我而言都是一样的。在那之前,我从没见过农场。杰克告诉我,他和他的兄弟就在这个屋里出生,后来他们的父母去世,就把小屋租给了玛米的父亲,但他们出海回来时间长,可以住在这个农舍里面。屋舍整洁有序,让你会想多看几眼。地板就像游艇甲板一样干净,油漆也是新漆的。杰克一直是一个油漆能手。一楼有一间舒适的会客厅,杰克在客厅的墙面上贴了墙纸,在墙上挂了一些船只和外国港口的照片,还有一些他出海带回来的物件:

一个飞去来、一根从南海带回来的棍棒、一项日本草帽以及一把直布罗陀海峡扇，扇面上满满地画了一只牛蛙，还有各种各样的工具。我估计，玛米小姐可能帮忙布置过这个客厅。在老壁炉里放着一个全新的、光滑的铁制富兰克林炉子，壁炉上面铺着一块来自亚历山大港的红色桌布，桌布上绣着异域风情的埃及字母。整个客厅被他布置得色调明亮而舒适。杰克向我介绍一切，对一切都感到自豪，我也因此更加喜欢他了。但是，我真希望他的声音能听起来更加开心，就像我们第一次在"海伦"号上见到的那样，希望那种若有所思的表情会从他的脸上消失一会儿。杰克给我看所有东西，并带我上楼。楼上的布置也都一样：明亮、鲜艳，等待着新娘的入住。可是，楼梯平台上面有一扇门，杰克没有打开。我们从卧室走出来时，我注意到一个罐子，杰克立刻关上门，锁上了。

"那把锁不好，"他说，像是在自言自语，"那扇门一直开着。"

我没太注意他说了什么，但我们从那段楼梯下来时——楼梯是刚漆好的，非常光亮，我简直不敢踩上去——他又开始说话了。

"那是他的房间，船长。我已经把它改成储藏室了。"

"一两年后你们可能会需要这个房间。"我说，希望能让他愉快。

"我估计，我们不会用他的房间。"杰克轻声地回道。

然后，他从会客厅一个新盒子里取了一根雪茄递给我，他自己也拿了一根，我们点燃雪茄，来到屋外。打开前门时，玛米·布鲁斯特正好站在路上，好像是在等我们。她的相貌姣好，难怪杰克会等她三年。我能看出来她不是一个娇生惯养的女孩，而是一个在海边长大的女子。她有一双棕色的眼睛，一头细软的棕发，一副姣好的身材。

"这是托克尔德森船长，"杰克说，"船长，这是布鲁斯特小姐。她见到您好开心。"

"嗯，是的，船长，"玛米小姐说，"因为杰克经常向我们提起您。"

她伸出手来热忱地跟我握了手，我记得当时我们说了点什么，但我知道没说太多。

小屋的前门面朝大海，门口有一条直接通往海滩的小道。从小屋的台阶处有另外一条通往右边的小路，小路的宽度足够两个人舒适地并排行走，这条路从门口直接通往田野和在大约四分之一英里之外的另一座稍大的房子。玛米的妈妈住在那所房子里，婚礼即将在那里举行。杰克问我，婚宴过后是否有兴趣到农场转转，我告诉他我不太了解农场。于是，他说只是想让我看看他四周的环境，那天他可能会有更多时间。说完他笑了，玛米也哈哈大笑。

"玛米，带船长看看去大房子的路，"他说，"我马上过来。"

我和玛米开始沿着那条小路走，杰克到牲畜栏去了。

"船长，您能来真是太好了，"玛米小姐打开了话匣子，"因为我总是想见见您。"

"是的。"我说,希望她能说多一些。

"你知道,我一直就认识他俩,"她接着说,"当我还是个小女孩的时候,他俩就总带我坐着一艘平底小渔船去抓鳕鱼,而且他们俩我都喜欢。"她若有所思地补充道,"杰克现在不想谈论他的兄弟,这很自然。但是,您不会介意告诉我当时到底发生了什么事,对吗?我真的非常想知道。"

于是,我便告诉了她那次航行以及我们遭遇大风的那天晚上所发生的一切。我告诉她,那不是任何人的错,因为我不想承认那是我们老船长的错误,如果算是的话,但是,关于后来发生的事情,我只字未提。她听完后默不作声,于是我就接着谈起了这两兄弟,他们俩是多么的相像,当吉姆被淹死后可怜的杰克被留下来了,我错把杰克当成了吉姆。我告诉她,我们没有人真的很肯定到底谁是谁。

"我自己也总是不太确定,"她说,"除非他俩在一起的时候。至少,他们刚刚出海回来的一两天里我很难分清他俩谁是谁。不过,现在我似乎觉得杰克更像可怜的吉姆,因为我记得他,因为吉姆总是更加安静,好像总是若有所思。"

我告诉她我也是这么认为的。我们路过房子的大门,肩并肩走进隔壁的田野,然后,她转头去寻找杰克,但没有看见他。我可能忘了她接下来说了什么。

"你现在能肯定吗？"她问。

我愣住了，而她继续走上一个台阶，然后转身看着我。我们彼此对视肯定有五六秒钟之久。

"我知道很傻，"她接着说，"很傻，也很糟糕。我没有权利去想这件事，但有时候我忍不住去想。你知道，一直以来，我就想嫁给杰克。"

"是的，"我傻傻地说道，"我觉得也是。"

她停顿了一会儿，又开始慢慢地边走边讲。

"船长，我跟您聊天时感觉您好像是一个老朋友，而我认识您也只有五分钟而已。我本来是想嫁给杰克的，可是现在他跟另外一个人是那么像。"

当女人脑海中有一个错误的想法时，让她放弃这个想法的唯一办法就是认同她。当时我就是那么做的。当她一直在说同一件事时，我就一直认同、一直认同，直到她的话题回到我身上。

"你知道，你并不相信你说的话，"她笑着说，"你知道杰克就是杰克，毫无疑问，而且就是那个我要嫁的杰克。"

我当然是这样说的，因为我并不在乎她是不是把我看成是一个软弱的人。我不想说出任何可能影响她幸福的话，我不打算再将话题回到杰克·本顿身上。可是，我记得他在哈瓦那下船时说的那句话，那不是他的错。

"都一样，"玛米小姐接着说，正如任何女人那样，并不知道自己在说什么，"都一样，我真希望我当时看见了，然后，我就应该知道真相了。"

她马上意识到她不是真要表达那个意思，而且担心我会认为她无情，于是她开始解释，如果她真的亲眼看见吉姆落船，那还不如她自己死去呢。无论如何，女人的话总是没什么意义。不过，我仍然纳闷，如果她总怀疑要嫁的杰克是吉姆的话，她怎么能嫁给他呢。我估计，她真的是习惯了他，因为他放弃出海，总是待在岸上，而且她也在乎他。

没过多久，我们听见杰克从身后走来，因为我们俩走得很慢，在等着他。

"船长，千万别把我刚才的话告诉任何人。"玛米说，女孩子们说出自己的秘密时都会立刻加上这句。

无论如何，我知道，除你之外，我绝对不会告诉任何人。这是我第一次把这些事情和盘托出，自从我乘火车从那个地方离开之后第一次把这些事告诉别人。不过，我不会告诉你那天发生的一切。玛米小姐把我引荐给她的母亲、堂兄妹和亲戚们，她的母亲是一个安静的、表情严肃的新英格兰老妇人，一位农民寡妇。晚宴上，她有很多亲戚，还有一个教区牧师在旁边。在那个地区，人们称他为"顽固的洗者"。

他的上唇很宽，胡子刮得很干净，食欲惊人。他脸上一副高人一等的表情，仿佛希望从此以后再也不要看见我们中的许多人——他那表情就像纽约船员四下张望时的表情；又有点像登上一艘意大利货船时那种颐指气使的样子，仿佛那艘船并没有多大价值，但看着船不搁浅又是他的责任。我觉得，许多教区牧师都那副德行。他念饭前经时好像在命令水手们扣紧上桅帆帆脚索使帆张平一样。晚宴后，我们都到外面的走廊去了，因为那是一个秋高气爽的日子。年轻人都成双成对地沿着沙滩小道走了，浪潮变化了，开始涨潮了。早晨，天空晴朗而清澈，但是到了四点左右，空气中就满是雾气，海里的湿气弥漫开来，落在万物之上。杰克说他想到自己的小屋里去，最后再看一眼，因为婚礼将在五点钟举行。不久之后，他想把灯都点亮，这样让一切看起来更令人开心。

"我只是最后看看。"我们到了小屋时，他又说了一句。走进屋，他又递给我一根雪茄，我点着香烟坐在客厅里。我听见他四处走动，起初是在厨房，然后又上楼了。接着我听见他又走进了厨房，可是紧接着，还没等我反应过来，又听见有人在楼上走动的声音。我知道他不可能那么快就又上楼。他走进客厅，自己拿了一根雪茄。他在点雪茄的时候，我又听见头顶上响起了脚步声。他的手在发抖，火柴掉落在地上。

"你请其他人来帮忙了吗?"我问。

"没有。"杰克急促地回道,又点亮了一根火柴。

"楼上有人,杰克,"我说,"你没听到脚步声吗?"

"船长,那是风。"杰克回道,但我看见他的身体在发抖。

"那不是什么风,杰克,"我说,"外面风平浪静,雾气沉沉。我敢肯定,楼上有人。"

"船长,要是你这么肯定的话,最好自己到楼上去看看。"杰克回答道,听起来快要生气了。

他生气是因为害怕。我上了楼,留下他自己坐在壁炉前。世上没有任何力量可以让我相信,刚才没有听见头顶上有人的脚步声。我知道,楼上肯定有人。但是,却没有。我走进卧室,里面静悄悄的。夜晚的光线透进来,从充满雾气的空气中透露出一点红色。我走到外面的露台看看那个可能给女佣或者孩子预留的小黑屋。我回来时,看见另一个房间的门敞开着,但我知道杰克是把它锁着的。房间里一股霉味,是那种旧工具箱发出的气味。我能断定,房间的地板上到处是从海底捞起的箱子,或者油布雨衣,或者类似堆在船上的东西。不过,我还是肯定,楼上一定有人。我走进房间,点亮一根火柴,四周看了看。我能看见房间四面墙上贴着简陋的旧墙纸,里面放着一张铁床和一面有裂缝的穿衣镜,还有一些东西散落在地面上。可是,房间里没有人。

我熄灭了火柴，走出房间，锁上房门，拔出钥匙。现在我要告诉你的就是真相。我拔出钥匙时，听见房间里面的脚步声从门口离开了，接下来，我突然有了一种奇怪的感觉。下楼的时候，我转头看了看身后，就好像在"海伦"号上，那些水手们开船时往身后看那样。

杰克已经在外面的楼梯上抽烟。我猜想他不喜欢一个人待在屋里。

"怎么样？"他问，尽量让自己看起来满不在乎。

"我没找到任何人，"我回答，"但我听见有人在四处走动。"

"我告诉过你那是风，"杰克轻蔑地说，"我肯定知道的，因为我住在这里，而且我经常听见这个声音。"

关于这点我们再没有什么可说的了，所以我们开始朝海滩走去。杰克说时间充裕，因为玛米小姐还要换上结婚礼服。所以我们漫步往前，太阳已经在雾气中下山了，潮水已经涌上来。我知道月亮是满月，当它升起时，雾气就会从大地上退下，有时候天气就是这样。我感到杰克不喜欢我听见那个声音，所以我就谈论其他事情，问问他的理想抱负。我们很快就又开始了愉快的聊天。

我一生中没参加过几次婚礼，我估计你也没有。不过对我来说，这次婚礼总体上不错，但在婚礼快结束时发生了一点意外。我不知道是不是婚礼仪式的一部分，总之当牧师还在说话的时候，杰克伸出一只手牵着玛米的手，仔细端详了一会儿，然后看着她。

玛米突然脸色煞白,发出一声尖叫,不是那种大声的尖叫,而是一种被压抑着的小声尖叫,好像已经被吓得半死。牧师停下来问她怎么回事,全家人都聚拢过来。

"你的手像冰一样,"玛米对杰克说,"而且都是湿的!"

回过神来之后,她一直盯着那只手看。

"可是我自己不觉得它冷啊,"杰克说着用手背贴着自己的脸颊,"你再试试看。"

玛米伸出双手,摸了摸杰克的手背,起初是小心翼翼地摸,然后紧握着那只手。

"真的,太可笑了。"她说。

"她今天一直紧张得像个女巫似的。"布鲁斯特太太严肃地说。

"这很自然,"牧师说,"此时此刻,年轻的本顿太太应该经历一点点刺激。"

新娘的大部分亲戚都住得很远,也都很忙,所以中午吃的那顿正餐取代了婚礼仪式之后的晚宴。婚礼仪式结束之后,我们应该吃点东西,然后大家本应该都回家,这对年轻夫妇就会自己走回他们的小屋去。放眼望去,我能看见不远处杰克小屋里灯火通明。我说,估计乘不到九点半之前回家的火车,但是布鲁斯特太太祈求我留下来等所有礼仪结束,她说她女儿想在回家之前脱掉婚纱,因为她穿了一个带有漂亮花环的衣服，她不能那样走回家，对吗？

所以，我们所有人都吃了一点晚饭，婚礼派对开始慢慢散去，大家都离开后，布鲁斯特太太和玛米上楼去了，杰克和我到走廊去抽烟，因为老太太不喜欢屋里有烟味。

此时，圆圆的月亮已经升起，当我面向杰克的小屋时，月亮在我身后，所以一切都看起来清晰而亮白，窗户里照出来的只有灯光。空气中的雾慢慢散到海边去，飘远了，浪潮还很高，在离海滩边的路不足 50 英尺远的地方拍打着海岸。

我们坐着抽烟时，杰克没怎么说话，但他感谢我来参加他的婚礼。我告诉他，我衷心地祝他幸福。我敢说，我们俩彼时彼刻都想起了楼上的脚步声。我们都在想，那个房子里有一个女人入住将不会显得那么孤独了。我们终于听到楼梯上传来玛米和她妈妈的说话声，她马上就准备好可以走了。她又换上了早上穿的衣服。

嗯，这时候他们准备走了。经历了一天的喧闹之后，一切都十分安静，我知道他们打算独自沿着那条路走回去，既然他们终于结成了夫妇。我跟他们道了晚安，虽然杰克强装要让我跟他们一起沿着那条路去小屋，而不是从海边的路走去火车站。四周一切都很安静，让我觉得结婚是一种明智的选择。当玛米跟她母亲吻别后，我扭过头，在走廊沿上敲了敲烟灰。他们沿着那条小路朝杰克的小屋走去，我和布鲁斯特太太等了一会儿，看着他们的背影，然后拿着我的帽子准备走了。我看见他们肩并肩走着，起初有点害羞，然后我看见杰克用胳膊搂着她的腰。当我看见他们的时候，他在她的左边，月光下，我看见两个影子清楚地倒映在路上，在玛米右边的影子高大，像墨水一样黑，而且那个影子也跟他们一起移动，随着小路地面的不平整，时而长时而短。

我谢过了布鲁斯特太太，跟她道了晚安，虽然说她是一个比较粗俗的新英格兰妇女，但是当她回答我的时候嗓音有点颤抖，可是我一上路，她就理智地进屋关上了门。我最后看了一眼远处的那对夫妇，本想沿着那条路走，不要超过他们，但我走了几步后，停下来又看了下他们，因为我看到了一个奇怪的东西，不过我是后来才明白过来的。我又看了一遍，这时候那个东西已经非常清晰了。我立在原地，呆若木鸡，盯着眼前的一切。玛米走在两个男人中间，另一个男人的个子和杰克一样高，两个人都比她高出半个头。杰克穿着他的黑色燕尾服、戴着圆顶帽走在她的左侧，而另一个男人走在她的右侧——喔，他是一个穿着湿漉漉油布雨衣的水手。我能看见那照耀海面的月光照在他的身上，照在他那被西南风吹起来的襟翼里的小胶土上。他的一只湿漉漉的、亮闪闪的胳膊也搂着玛米的腰，只是他的胳膊叠放在杰克的胳膊上。我站在原地动弹不得，有那么一刻，我以为自己疯了。我们晚上只喝了一些苹果酒和茶，否则我会以为有什么东西进到我脑子里，但我一生中从没有喝醉过。后来，我更觉得那像是一场噩梦。

我很高兴布鲁斯特太太已经进屋了。至于我，我忍不住跟随着那三个人，怀着一种想看个究竟的好奇心。我想看看那个穿着湿漉漉衣服的水手会不会消失在月光下。可是，他没有消失。

我缓缓地往前移动，而且我后来记起来，当时我走的是草地不是小路，好像是担心他们会听见我跟着他们。后来我估计，那一切可能发生在五分钟之内，但当时感觉好像是有一个小时左右。杰克和玛米好像都没注意到那个水手。玛米好像不知道那个水手湿漉漉的胳膊正搂着她。他们正一点点接近那座小屋，当他们走到门口时，我离他们不足一百码。就在那时，什么东西让我站立不动，也许是恐惧，因为我亲眼看见了发生的一切，那么真切，就像我现在看见你一样。

玛米抬腿正要上台阶，当她往前走时，我看见那个水手慢慢地用他的胳膊扣住杰克的胳膊，所以杰克没有走上台阶。这时，玛米在台阶上转过身，他们三个人就那样站了一两秒钟。接着，她一声惨叫——我曾经听见过一个男人那样叫，那时他的胳膊被一架起重机拔掉——瘫倒在走廊上。

我想要跑上前去，却动弹不得，我感觉帽子下面的头发竖了起来。那个水手在他站着的地方慢慢地转身，拉着杰克的胳膊稳稳地、轻松地让杰克转过身，然后带着他沿着那条小路从房屋处朝海边走去。他沿着那条道带着杰克径直往前走,仿佛命运一般不可逆转。我一直看着月光在他湿漉漉的雨衣上闪耀。他带着他穿过院门,穿过沙滩马路,来到沙滩湿地,潮水正高涨。然后,我深深地吸了口气,穿过草地朝他们跑过去,越过篱笆,跌跌撞撞地穿过马路。然而,当我感觉到脚下的沙子时,那两个人已经走近海边了;当我走近海边时,他们已经走向深处,海水已经没过他们的腰了。当时,我看见杰克·本顿的脑袋已经耷拉在胸口了,他的另一只胳膊软塌塌地垂在身侧,而他那个已经死了的兄弟稳稳地抓住他,将他带向死亡。月光洒在漆黑的海面上,但是远处的雾层却是亮白的。我借着那个亮白的雾层看着他们俩缓缓地、稳步走下去。海水已经漫过他们的腋窝,接着漫过他们的肩膀,接着我看见海水到了杰克的帽檐,但他们没有半点踌躇,两个脑袋笔直地朝前,笔直朝前,直到他们沉没。月光下,杰克消失的地方只泛起了一圈涟漪。

我一直想着,一旦有机会,一定得把这个故事告诉你。你早就认识我,多年来一直看着我长大成人,而且我也想听听你的想法。没错,那就是我一直在思考的东西。我估计,那晚落水的不是吉姆,而是杰克。而且很有可能吉姆当时有可能救杰克,但他没有伸出援救之手。然后,吉姆假装他是杰克和我们一起出海,和那个姑娘一起生活。如果真是那样的话,他就是罪有应得。据说,第二天玛米查明,当他们抵达小屋时，她的丈夫是自己走进海里把自己淹死的。如果他们知道当时我就在场，一定会责怪我没有阻止他。但是，我绝不会告诉任何人我看到的这一切，因为他们不会相信我。我当时只是让他们觉得，我去的太晚了。

当我走到小屋扶起玛米时，她已经胡言乱语地说疯话了。她后来恢复了一点儿神智，但是她的脑子再也没有正常过。

哦，你想知道他们有没有找到杰克的尸体？我不知道那是不是他的，但我驾着新船出海到一个南方的港口时，看到报纸上一则新闻，说一阵大风将两具死尸从东面吹过来，尸首已经腐烂不堪。两具尸体紧锁在一起，其中一具是穿着油布雨衣的骷髅骨。

## 嗜血为生

　　傍晚时分，我们在宽敞的塔顶上用餐，夏天的塔顶更凉快。况且，小厨房建在方形大平台的角落里，在塔顶上用餐比我们把盘子从陡峭的石楼梯上拿上拿下更方便。楼梯有些地方已经破损了，到处是岁月的痕迹。这座塔是16世纪初皇帝查尔斯五世建造的，在意大利卡拉布里亚西海岸一带，用来防御巴巴里海盗。当时，那些没信仰的人联合弗朗西斯一世共同反抗在位的皇帝和教会。那些建筑物都快被毁掉了，只有为数不多的几座还保持完好，我住的塔楼就是其中最大的一个。十年前这座塔成为我的财产，我每年会在这里度过一段时间。不过，至于它是怎么到我手上，我又为何每年要在这里度过一段时间，都与这个故事无关。这座塔位于意大利南部最偏僻的一个地方，在一个弧形的岩石海角，这个海角坐落在波利卡斯特罗海湾最南端，形成了一个安全的天然港湾。根据当地古老的传说，它就是在出卖耶稣的加略人犹大的出生地——斯卡莱亚角的北面。这座塔孤零零地伫立在钩形的岩石山坡上，在它附近三英里没有其他房子。我去那里时，会带上几个水手，其中一个水手是个手艺相当好的厨师。我离开后，塔楼就由一个土地神一样的小矮人看管，此人曾经是个矿工，他很久以前就依附于我。

我的朋友偶尔会在我夏天度假时来拜访我，他是位职业艺术家，出身于北欧，被现实所迫，他成了一个四海为家的人。傍晚，我们一起吃饭。晚霞映红了天边，随后渐渐褪去；夜晚的天空升起了绛紫的霞光，照耀在自西而东、连绵起伏的山脉上，让环抱海湾的山脉显得更加陡峭；霞光变得越来越高，直至消失在天的南面。天气炎热，我们坐在平台上背朝大海的角落里，等待着自矮山上吹来的凉风。天边的晚霞消失在空气中，透着深灰色的薄雾。厨房的门敞开着，门缝里透出一道黄色的光，水手们正在厨房里吃晚饭。

月亮突然从海角的峰顶升起，月光泻在平台上，照亮了岩石上的每一个小山坡和我们下面的小草丘，直到纹丝不动的海面。我的朋友点起了烟斗，坐在那里看着山坡上的一个地方。我知道他正在看它，过去很长一段时间,我一直想知道他能不能看见什么引起他注意的东西。我非常熟悉那个地方,显然,最后他也对那个地方产生了兴趣,但是他看了好久都没有开口说话。就像大多数画家一样,他信任自己的眼神,就好像狮子相信它的力量,牡鹿相信它的速度一样。如果他所见的与他认为应该看到的东西不一致时,他总会感到不安。

"奇怪,"他说,"你看到那个大卵石上靠这边的小土堆了吗?"

"看到了。"我说,并猜到了接下来要发生的事。

"它看起来像座坟墓。"霍尔格若有所思地说。

"没错。确实像座坟墓。"

"真的,"我的朋友继续说道,眼睛仍然盯着那个地方,"可奇怪的是,我看见尸体躺在坟墓的上面。当然,"霍尔格接着又说,把头转向一边,好像艺术家们那样若有所思,"那可能是光影效果。首先,那根本不是一座坟墓。就算它真的是一座坟墓,尸体应该在里面而不会在外面。所以,那肯定是月光的效果。你没看见吗?"

"分析得非常对,我总是在月光明亮的夜晚看见它。"

"但你似乎对它没什么兴趣。"霍尔格说。

"不,我对它很有兴趣,不过我已经习惯了。但是,你也没猜错,那个土堆确实是一座坟墓。"

"胡说!"霍尔格不可思议地叫道,"我想,你该不会告诉我,我看见躺在上面的那个东西真是一具尸体吧！"

"不，"我回道，"它不是尸体。我知道，因为我下去看过。"

"那是什么呢？"霍尔格问。

"什么也不是。"

"你的意思是说那只是光影效果，对吗？"

"也许是。不过，这件事无法解释的部分就是：无论月亮升起还是落下，无论满月还是弯月，它都没有区别。只要有月光，无论从东面、西面或者上面，只要月光照在坟墓上，你就能看见上面有一具尸体的轮廓。"

霍尔格用刀尖拨了拨烟斗，然后用他的手指拿了一个塞子。烟叶充分燃烧后，他站起来。

"如果你不介意的话，我想下去看个究竟。"他说。

他留下我，穿过屋顶，沿着漆黑的楼梯消失了。我没动，坐在那里看着下面，直到他从塔楼的下面出现。我听见他正哼着一首古老的丹麦小曲，在明亮的月光下穿过空地，径直走向那座神秘的坟墓。离坟墓大概十步远时，霍尔格突然停下脚步，又往前走了两步，然后又往后退了三四步，接着又停下来了。我知道那是什么意思。他已经到了看不见那个东西的地方了——在那里，就像他说的那样，那个光影效果改变了。

接着,他继续往前走,走到坟墓上,站在上面。我还能看见那个东西,但它不再是躺着的,那时候它已经跪起来了,用两只白色的胳膊缠绕着霍尔格的身体,抬头望着他的脸。就在那刻,一阵凉风吹动了我的头发,似乎是来自山坡上的晚风,但又感觉像是来自另一个世界的呼吸。

那个东西正扶着挺拔站立的霍尔格的身体,好像要爬着站起来。霍尔格显然完全没有意识到它的存在,正望着塔楼。当月光照着塔楼那一面时,它显得很独特。

"快回来!"我喊道,"别一直站在那里!"

在我看来,他从坟墓上走下来时好像很不情愿,或者是很艰难地走下来。对,就是艰难。那个东西的胳膊还缠绕在他的腰上,但它的双脚不能离开坟墓。当他慢慢朝前走的时候,那个东西被拉得老长,好像一圈薄雾缠绕,消瘦而惨白,我清楚地看见霍尔格抖了抖自己,好像是一个冷得发抖的人那样。就在同一时刻,我听见风中飘过来一声轻微痛苦的哀号——可能是岩石间一只猫头鹰幼雏发出来的叫声。那个像薄雾一样的东西很快从霍尔格前进的身影飘回,再次躺在了坟墓上。

我再次感到头发里有一股凉风,而且这一次我的背脊也感受到一种因恐惧而生的冰冷震颤。我清楚地记得,有一次我在月光下独自走到那里去,那次我走近,显然什么也没看见。那次也像霍尔格一样,我去了,站在那个土堆上。我当时还记得,回来的时候,我非常肯定那里什么也没有。但是,又突然很肯定地觉得,如果我当时往身后看,一定能看见什么。我记得当时有一种强烈的诱惑,想让我回头看,但我最终抵挡住了那种诱惑,作为一个理智的人,我摆脱了那种诱惑。我当时也像霍尔格那样发抖。

而此时此刻,我才知道,那双惨白的、迷雾般的胳膊也曾缠绕着我。我立刻明白过来,让人不寒而栗,我记得当时也听见了夜猫子的叫声。不过,那并不是夜猫子,而是那个东西的叫声。

我重新给烟斗里装了烟叶,倒了一杯浓烈的南方红酒,不到五分钟,霍尔格就回来坐到我身边。

"那里当然什么都没有,"他说,"不过,还是令人毛骨悚然。你知道吗,当我回来的时候,我非常肯定我身后有什么东西,我差点就想转过身去看看。但是,我努力让自己不要回头。"

他笑了笑,敲掉了烟斗里的烟灰,给自己倒了一杯红酒。有那么片刻,我俩谁也没说话。月亮升得更高了,我们俩都看着那个躺在坟墓上的东西。

"你可以写个关于那个东西的故事。"长时间后,霍尔格说。

"已经有一个了,"我回道,"如果你不困的话,我讲给你听。"

"讲吧。"霍尔格是一个喜欢听故事的人。

"在这座山后面的村庄里,老阿拉里奥濒临死亡。你肯定还记得他。有人说,他在南美倒卖珠宝赝品发了财,被人揭穿时他带着赚来的钱逃跑了。像其他村民一样,只要他们赚了钱回到家乡,就立马开始造房子。因为这里没有泥瓦匠,他就千里迢迢到保拉找来两个工人,一对长相丑陋的恶棍———一个是那不勒斯人,瞎了一只眼睛;另一个是西西里人,左脸颊上有道一英寸深的刀疤。我经常见到他们,因为他们总是周日到这里来,坐在岩石上钓鱼。阿拉里奥染上那个致命的热症时,那两个泥瓦匠还在做工。阿拉里奥答应给这两个工人提供食宿,所以就让他们住在屋里。他老婆已经死了,只有一个独子,名叫安杰罗。安杰罗比他父亲长得好很多,他马上要迎娶村里首富家的女儿,这门亲事虽说是父母安排的,但据说这对年轻人也彼此爱慕。

"当时,整个村的人都喜欢安杰罗。这其中有一个天生野性、相貌姣好、名叫克里斯缇娜的女孩,她是我在这一带见过的最像吉卜赛女孩的人,有一副非常红艳的嘴唇,黑幽幽的双眼,像一只灵缇犬,长了一条魔鬼的舌头。然而,安杰罗一点也不在乎她。他是一个心地单纯的小伙子,与他那流氓老父亲完全不同。我觉得,正常的情况下,我完全相信,除了他父亲让他娶的那个姑娘外,他绝不会多看其他姑娘一眼。那个姑娘长相漂亮,身材丰满,拥有一笔丰厚的嫁妆。可是,事情却变得既不正常,也不自然。

"另一方面，马拉提亚山区的一个年轻英俊的牧羊人爱上了克里斯缇娜，而她对这个牧羊人非常冷漠。克里斯缇娜居无定所，不过，她是一个随和的姑娘。为了赚取一块面包或是一把豆子，或者一晚住宿，她什么工作都愿意做，去多远的地方跑腿都愿意。如果能够在安杰罗父亲的房子周围找到什么事做的话，她尤其开心。村里没有医生，乡亲们见老阿拉里奥快要死了，就派克里斯缇娜去斯卡莱亚请医生。那时候已经是午后时分了，邻居们之所以等这么久才去请医生是因为那个垂死的守财奴在他还能够说话的时候拒绝任何的'浪费'。可是，克里斯缇娜一离开，老头的情况很快就变得更加糟糕。乡亲们请来了神父，神父做完了他能够做的事后，告诉守候在床边照顾老头的人说他已经死了，然后就离开了。

"你知道这些人的，他们对死亡有一种与生俱来的恐惧。神父还没说这话时，房间里满是人，可是他的话音刚落，房间立马空了。此时已经是夜晚了，他们都沿着黑暗的楼梯跑到街上去了。

"安杰罗外出了，就像我之前所说的，克里斯缇娜还没有回来——那个一直照顾生病老头的纯朴女仆和其他人一起跑了，房间里只留下老头的尸体，孤零零地躺在陶制油灯摇曳的灯光下。

"五分钟后，两个人鬼鬼祟祟地来到房间，悄悄地走到床边。这两个人就是那个独眼龙——那不勒斯泥瓦匠和他的西西里人同伙。他们知道自己想要什么。没多久,他们就从床底下拖出来一只沉重的小铁盒。他们在有人想回来看那个已故老头之前,就已经离开了那座房子。此时的村庄被黑夜笼罩。那太容易了,因为阿拉里奥的家就是面向峡谷的最后一家,那个峡谷通往这里。那两个小偷只要从后面出去,爬过石墙,之后就不会有任何危险,除非他们可能会碰到某个晚归的人,但事实上那种可能性很小,因为村里几乎没有人会走那条路。他们俩有鹤嘴锄和铁锹,所以他们安然无恙地到了这里。

"我现在要告诉你的这个故事是因为它肯定发生过,虽然没有人亲眼见过。那两个人沿着大峡谷把铁盒子带走了,准备把它埋起来,等到他们返回时再来取,然后坐船离开。他们肯定非常聪明,猜到了其中有些钱是纸币,否则他们应该会把盒子埋在沙滩的湿沙子里,因为那里肯定更安全。但如果他们把盒子埋在那里时间太长的话,纸币会腐烂掉,所以他们就在那里——那个大卵石的附近——挖了一个洞。没错,就是现在那个坟墓所在的地方。

"克里斯缇娜在斯卡莱亚没有找到医生,因为医生被山谷里一个地方的人请走了,那个地方就在去圣多梅尼科的半途中。如果她当时找到了医生的话,她会骑着骡子沿上游的路赶过来,那条路更加平坦,但更远一些。可是,克里斯缇娜是沿着岩石抄近路回来的,那条路经过这个坟墓,沿着那个角,大概50英尺。她路过的时候,那两个人正好在挖坑，她听见了他们的动静。听见了却不去弄个究竟不是她的个性，她一生中从来没有害怕过什么。再说了，有时候渔夫们会在晚上从这里上岸来找石头做抛锚用，或者找些树枝点一堆小篝火。那个晚上，天很黑，可能是因为克里斯缇娜走近那两个人时才看清楚他们在干什么。她认识他们，他们当然也认得她，而且那两个人立即明白过来被她发现了。为了自身的安全，他们只能做一件事，他们也确实那样做了。他们敲了她的脑袋，然后把洞挖深，迅速把她和那只铁箱子一起埋起来了。他们肯定清楚，要避免被人怀疑，唯一的办法就是在被人发现之前，赶回村里，所以他们立即回到村里去了，半小时后人们看到他们在跟为阿拉里奥做棺材的人拉家常。此人是他们俩的好朋友，一直在老阿拉里奥家里干修理的活儿。据我猜测，唯一可能知道阿拉里奥把宝藏藏在哪里的人就是安杰罗和我刚提到的那个老女仆。安杰罗外出了，就是那个老妇人发现了这起盗窃案。

"为什么其他人不知道钱藏在哪里，这很容易理解，因为老头一直把门锁着，他出去的时候就把钥匙藏在口袋里，如果他自己不在屋里的话，不会让那个妇人进屋打扫。全村的人都知道他有钱藏在某个地方，不过那两个泥水匠可能趁老头不在家里的时候从窗户爬进去找到了箱子存放的地方。如果老头不是因为精神错乱，最后昏迷失去意识的话，他肯定会为自己的财富而苦恼。那个忠实的女仆被死亡的恐惧征服，跟其他人一起逃跑了，有一段时间，她忘记了那些钱的存在。不到20分钟，她就带着两个总是替人入殓的丑老太婆回来了。即使那时候，她起初也没有勇气和她们一起走近那张床，不过她假装把一个东西掉在地上，然后跪下来装作去找东西，这时候，她看了一眼床底下。房间的墙壁和地面都被重新洗过，她看了一眼，发现那个盒子不见了。下午，它还在那里，所以，就在她离开屋子的那会儿，盒子被人偷走了。

"村里没有驻扎马枪骑兵，也没有什么岗哨，这里没有政府，我想，根本就没有这个地方。斯卡莱亚似乎用某种神秘的方式照看着它，因为用不了几个小时，就可以从那里找到任何一个人。老妇人一辈子都住在这个村里，她甚至根本没去寻求过任何政府部门的帮助。她只是大叫一声，然后在黑暗中跑遍全村，叫喊说她已故主人的家被人抢劫了。许多村民都探出头来张望，起初好像没有人打算帮她。大多数人都在判断她，窃窃私语彼此议论，说没准是她自己偷了那些钱。第一个行动的人就是安杰罗要娶的那个女子的父亲。他叫上自己全家人，所有人都从那笔财富中看到了个人利益，那笔钱本应该到他们家的。女孩的父亲宣布，他觉得那个盒子是被那两个寄宿在老头家的外地泥瓦匠偷了。他们开始搜寻那两个人，自然先是从阿拉里奥的家开始，到木匠铺里结束。他们在木匠铺发现那两个小偷，在充满油脂燃料的陶制灯散发的灯光下，对着还没完工的棺材正跟木匠讨论着红酒的测度。

搜寻队伍立即揭露了两个流氓的罪行，并威胁要把他们关进牢房等斯卡莱亚的骑兵枪手来处理。那两个人面面相觑了片刻，毫不犹豫地熄灭了木匠铺里唯一的灯，抓起还没完工的棺材当作盾牌，冲向黑暗中来抓他们的人。没多久，村民们就追不上他们了。

"这就是故事第一部分的结尾。财宝消失了，人们找不到它的踪影，自然就认为那两个小偷成功地把它带走了。老头被埋葬了，最后安杰罗回来，只能借钱来办那个令人痛苦的葬礼，即便这样，他还是遇到了重重困难。不消说，他失去了遗产也就意味着失去了他的新娘。在这个地方，婚姻是严格按照交易原则进行的，如果谈好的礼金没有在指定的日子到位，没有收到礼金的新娘父母就会把孩子带走，没有礼金就意味着没有婚礼。可怜的安杰罗非常清楚这点。他的父亲基本上没有土地，他从南美带回来的现金也丢了，除了父亲留下一笔房屋修缮材料的欠款外，他现在一无所有。安杰罗沦为了乞丐，那个属于他的漂亮丰满的小美人如今对他已经嗤之以鼻了，这也是最常见的做法。至于克里斯缇娜，她已经消失了好几天，因为没有人记得她被派去斯卡莱亚请医生去了，而医生也根本没有来过。她经常这样子连续好几天消失不见，有时候在山区一些偏僻的农场里，她可以到处找到一点活儿干。直到发现她根本没有回来时，人们才开始怀疑，最后大家都认为，她已经被那两个泥瓦匠说服，和他们一起逃跑了。"

我停下来，喝完杯子里的酒。

"那种事情不可能在其他任何地方发生，"霍尔格若有所思地说，把还没熄灭的烟斗装满了烟叶，"很奇妙，在一个这么浪漫的村庄里发生的这起谋杀和意外死亡，这中间有一种天然的魅力。那些原本残忍和恶心的行径在这里变得神秘而且富有戏剧色彩，因为这里是意大利而不是其他地方，我们就住在查尔斯五世为抵御真正的巴巴里海盗而造的塔楼里。"

"那里面确实有点什么。"他承认。霍尔格的内心是一个非常浪漫的人，但他总是觉得有必要去解释为什么他会感觉到一些东西。

"我猜他们找到了那个可怜姑娘的尸体和那个盒子。"不久，他说道。

"既然你感兴趣，那我就告诉你故事的另一部分吧。"我说。

此时，月亮升高，坟墓上面的那个东西的轮廓在我们的眼前比先前更加清晰。

"村子里的人们很快就安定下来了，继续过着普通而无趣的生活。没有人想念老阿拉里奥，毕竟他曾去了那么多次南美洲，在自己的家乡已经不再是一个大家熟悉的人。安杰罗住在一个还未完工的房子里，他没钱继续请那个老女仆，所以她没有和他住在一起，但出于他们之前的老交情，她偶尔会来帮他洗衣服。除了那栋房子，安杰罗还从父亲那里继承了一小块土地，那块地离村子有一点距离。他努力去开垦那块地，但他没心情干活，因为他知道自己根本付不起地租和房屋税。他的房子肯定会被政府拿去充公的，或者他会因为建筑材料的债务而被捕，那个材料供应商不肯把那些材料收回去。

"安杰罗非常不开心。他的父亲还健在、富有的时候，村里的每个女孩都爱他，此时一切都变了。曾经，他被人爱慕，被人追求，被那些有女儿要嫁的父亲们邀请去喝酒，那时是多么愉快。如今，他被人冷眼相待，被人嘲笑，只因他的遗产被人抢劫了。他为痛苦的自己烧饭，很快他就从悲伤变成忧郁，进而变得孤僻。

"黄昏时分，结束一天的工作后，他不是在教堂前面的操场上跟同龄人聊天，而是到村外一些偏僻的地方徘徊，直到天黑，他才偷偷摸摸地回家睡觉，节省油灯钱。然而，在那些孤独的黄昏时刻，他开始做一些奇怪的白日梦。他并不总是独自一人，因为他经常会坐在一座树桩上，那条通往峡谷的路就在这个树桩旁。他很肯定有一个女人悄无声息地从那些凌乱的石头里走来，她好像是光着脚。她站在小路上十几码远的栗子树下，向他招手，但不说话。尽管她站在阴影处，但他知道她的嘴唇是红色的，当他们离得近一些的时候，她冲他微笑时露出两颗小尖牙。不消说，他就知道，那是克里斯缇娜，他也知道她已经死了。可是，他不害怕。他只是纳闷，这到底是不是梦，因为他觉得如果他是醒着的话，肯定会感到害怕。

"再说，那个死去的女人有着红色的双唇，这种情况只可能出现在梦里。每天黄昏，无论他什么时候走进那个峡谷，她总是已经在那里等着他，或者她很快就会出现。他开始相信她每天都在接近他一点。起初，他只能确定她那鲜红的嘴，但此时她的每一个特征都变得清楚，她那苍白的脸看着他，眼神深邃而饥渴。

"正是那双眼睛变得黯淡，他渐渐知道，某一天当他转身准备回家时，这个梦不会结束，相反那个梦会引导他走去峡谷，在峡谷里那幅景象又会出现。现在她向他招手时离他更近了。她的双颊不像其他死去的人那样一股死色，而是带着一种饥渴的苍白，她的双眼里流露出一种狂野的、未经平抚的、本能的饥渴，那种饥渴足以将他吞噬。那双眼睛享受着他的灵魂，向他施了魔咒，最后它们接近他自己的眼睛，控制住了他。他不能判断她的呼吸是像火一样热还是像冰一样冷；他没法判断她的双唇使他的唇燃烧了还是冰封了；他也不能判断她的五指是把他的手腕烧出疤痕来，还是像霜一样啃噬着他的肉体；他无法判断他究竟是醒是睡，而她到底是死是活；但他知道她爱着他，无论是尘世还是阴间，只有她爱他，而她的魔咒对他具有控制力。

"那晚，当月亮升高，那个东西的影子不是独自落在那个坟墓上。

"安杰罗在凉爽的黎明醒来，全身被露水浸透，他浑身从肌肉、血液到骨头都冷得发抖。他睁开双眼看着微弱的灰色亮光，看见星星还在天空闪耀。他很虚弱,他的心脏跳动得非常缓慢,几乎感觉自己像一个快要昏厥的人。他躺在坟墓上缓缓地转过头,仿佛枕在枕头上一样,但是另一张脸不见了。突然,他感到被恐惧震慑,是一种无法言说,无法知晓的恐惧。他匆匆站起来,逃出了峡谷,一路上不敢回头看身后,直到他回到位于村子郊外的家里。那天他拖着疲倦的身体去干活儿,时光慵懒地过去了,太阳落到海面消失了。马拉泰亚上面陡峭的山脉在东方鸽子羽毛颜色般的天空下变成了紫色。

"安杰罗扛起他那沉重的锄头离开了田野。此时,他感觉没有早晨刚开始干活时那么累了,但是他自己下定决心,不在峡谷附近逗留而是赶快回家,为自己准备最好的一顿晚餐,像个基督徒那样整晚在床上好好睡一觉。他再也不会被那个长着红唇、喘着冷气的影子诱惑去走那条窄路,他再也不会做那种令人恐惧而又使人高兴的梦了。这时,他已经在村子附近了。太阳落山已经有半个小时了,教堂那口有裂缝的钟传来刺耳的回响,回荡在山脉和峡谷间,提醒善良的人们白天结束了。安杰罗在岔道口站立了片刻,岔道口的左边通往村里,右边通向峡谷,那边有一些栗子树种在那条窄路的两旁。他静静地站立了片刻,摘掉头上那破旧的帽子,凝望着西方渐渐消失的海平面。他动了动嘴唇,默默地重复了那段熟悉的晚祷经文。他的双唇蠕动着,但他脑海里的那些话失去了它们的意义,而变成了其他的话,最后他大声说出来的几个字竟然是——克里斯缇娜！这个名字一出口，他的意志力刹那间崩溃，现实世界消失了，那个梦又摄住了他，迅速而肯定地带着他，让他像个梦游的人一样，在越来越浓的黑暗中沿着那条陡峭的路往下走去。当她滑行到他的身边时，克里斯缇娜在他耳边说了一些奇怪而甜蜜的话，他知道，如果他是醒着的话，他不可能完全理解那些话。然而，此时此刻那些话是他一生中听到的最奇妙的话。当她亲吻他的时候，不是亲他的唇，他感到她那尖利的吻落在他的咽喉上，而且他知道她的双唇是红色的。就这样，那个狂野的梦在黄昏、黑夜和月亮升起后一直在加速，变成整个夏夜的狂喜。然而，在阴冷的黎明，他像一个半死的人般躺在坟墓上，好像是想起来又似乎记不起来，他的血在流干，可是又奇怪地渴望想要把更多的血给那两片红唇。紧接着是那股恐惧，那股糟糕的、不可名状的恐慌，那是一种致命的恐慌，守卫着未知世界边界的那种恐惧。那种恐惧不像我们了解其他事情一样能被了解，但当它那寒冷的风穿透我们的骨头，用一只幽灵的手触碰我们的头发时，我们可以感觉到它的存在。安杰罗再次匆匆从坟墓上爬起来，在破晓时分匆匆逃离峡谷，但这次他的脚步没有那么坚定。他跑的时候，停下来喘气，路过半山腰的泉水时，他四肢伏地，整个脸都埋进泉水里，大口地喝水，好像从未喝过水般——因为这个受伤的男人整晚躺在'战场'上流血而导致此刻的饥渴。

"她已经将他牢牢控制住了，让他无法逃离。他每天黄昏都会来找她，直到她从他身上吸完最后一滴血。太阳落山时，他想要走另一条路回家，尽量不路过峡谷附近的那条路，但这都是徒劳。尽管他每天早晨都发誓黄昏时他要从海滩那条路回家，但这也是徒劳。一切都是徒劳，因为当太阳落入大海，当夜晚的凉爽从某个藏身处来讨好疲倦的世界时，他的双脚就来到了老路上，而她就在栗子树荫下等着他，接着一切就又发生了。当她沿着那条路轻轻掠过时，她就一只胳膊搂着他，开始亲吻他的咽喉。当他的血液被吸完了，她每一天都变得更加饥渴，每一天他都在黎明时分醒来，每一次都更加艰难地爬起来走上那条通往村子的坡路。当他去干活儿时，他痛苦地拖动着双脚，他的胳膊根本没有力气抡起那沉重的锄头。现在他几乎不跟任何人说话了，但是人们都说，他是因为对那位姑娘的爱而"消耗自己"，在他没有失去遗产时，那姑娘本是要嫁给自己的。但是，他们觉得这个想法有点好笑，因为这不是个浪漫的村庄。这时候，安东尼奥——就是在这里守塔楼的那个人——从萨勒诺探亲回到村里。他在阿拉里奥去世前就离开了，所以他对之前发生的一切毫不知情。他曾经告诉我，他是下午近黄昏的时候回来的，他把自己锁在塔里吃饭睡觉，因为他很累。半夜过后，他醒来了，他看着外面，弯弯的月亮已经升到了山头上，当他朝那个坟墓的方向望去时，看见一个东西，那个晚上他再也没有睡着。第二天早晨,他又出去了,天已经全亮了,但那个土堆上除了凌乱的石头和散沙,其他什么也没有。不过,他没有走得很近。接着,他直接走上通往村里的路,径直来到老神父的家里。

"'昨晚我看见一个邪恶的东西,'他说,'我看见一个死人在吸一个活人的血,而血液是一个人的生命。'

"'告诉我你看见了什么。'老神父回道。

"安东尼奥把他看到的全部告诉了老神父。

"'今晚,你必须带上你的圣经和圣水。'安东尼奥又加了一句,'太阳下山之前,我会到这里来和你一起下去,如果我们等待的时候你愿意和我一起吃晚饭的话,我会做好。'

"'我会来,'神父回答,'因为我在一些古书里读到过一些关于这些奇怪的存在,它们既不是伤口的嫩肉,也没有死,它们是被活埋的,在晚上的时候就偷偷出来吃人、吸血。'

"安东尼奥不识字,但是他很开心神父明白了这件事。当然,那些书肯定告诉了神父永远制服那个东西的最好办法。

"就这样,安东尼奥离开神父的家去干活儿了。如果他不是拿着钓鱼竿去海边钓鱼的话,他的活儿主要就是坐在塔楼的阴处。但是,那天白天他去了两次那个坟堆处,他一遍遍寻找,想要看看是否能找到某个洞,可以让那个东西进进出出的,但是他什么也没找到。当太阳开始下山时，阴面的空气更加凉爽，他进村里去接老神父，随身带上了一个柳条编制的篮子。他们在篮子里放了一瓶圣水、圣水盆和洒圣水器，还有神父可能需要的祭披，然后他们从村里出来，在塔楼门外等着天黑。不过，当天刚刚灰暗时，他们就在那个地方看见有东西在移动，是两个影子，一个在走路的男人的影子，另外一个是在他旁边滑行的女人的影子。她把头靠在他的肩膀上时，亲吻了他的咽喉。这些事神父告诉过我，他还告诉我当时他的牙齿吓得咯咯作响，紧紧抓住安东尼奥的胳膊。那番景象过去了，消失在黑暗中。接着，安东尼奥拿着那个装有烈酒的皮酒囊，这种酒他是留着给一些重要日子用的，他倒了一口酒给神父，让那个老人感觉自己马上又年轻了。他拿起灯笼、鹤嘴锄和铁锹，当神父披上祭披，拿上圣水，他们一起朝那个地方走过去。

"安东尼奥说，虽然喝了朗姆酒，但是自己的膝盖还是发软，而神父害怕得说拉丁语都结巴了。他们走到离那个坟墓还有几步远的地方，灯笼跳跃的灯光照在安杰罗苍白的脸上，他失去了知觉，仿佛在睡梦中，而在他的喉头上有一根很细的红色血线慢慢流进他的衣领。灯笼跳跃的灯光落在另一张脸上，那张脸从正在享受的盛宴中抬起来——虽然已经死了，但在那张脸上，他们看到了一双深邃、死亡的眼——在那张脸上，两片比生命本身还要红的红唇——在两颗闪烁的牙齿上闪耀着一滴玫红色的血滴。接着,神父,那个善良的老人,紧闭双眼,在他前面洒圣水,他嘶哑的声音几乎变成了尖叫声,而安东尼奥本身就不是一个胆小的人,他一只手举起他的鹤嘴锄,一只手提着灯笼,当他匆匆赶到前面时,不知道会有什么结果。接着,他发誓说,他当时听见一个女人的尖叫声,然后那个东西消失了。安杰罗独自躺在土堆上,毫无意识,喉咙上有一根红色的细线,冰冷的额头上流着豆大的汗珠。他们抬起他——当时他已经半死了——把他放在附近的地上。接着,安东尼奥继续工作,神父协助他,虽然神父已经年迈做不了什么。他们挖得很深,最后安东尼奥站在坟墓里面,提着灯笼蹲下来想看个究竟。

"过去,他的头发是深棕色的,鬓角有一些斑驳的白发。但从那天起,不到一个月的时间,他的头发变得跟毛鼻袋熊一样。他年轻时是一个矿工,有事故发生的时候,这些家伙中的大多数人都不时会看到一些可怕的景象,但那天晚上看见的东西是他从未见过的——那个东西既没有死也不是活的,那个东西既不能忍受停留在土地外面也不愿被埋在坟墓里。安东尼奥带了一些东西回去,但神父并没有注意到。那天下午,他把那个东西做成了一个尖锐的桩,是用一块坚硬的旧浮木做成的。他现在还带着它,带着那沉重的鹤嘴锄,他曾经带着灯笼下到那个坟墓里去。我估计,世界上没有什么东西能够让他谈及当时发生的事情，而老神父当时太害怕了，没敢往里面看。他说，他听见安东尼奥当时在坟墓里面像一只野兽般呼吸，好像在与什么几乎和他一样强壮的东西搏斗、移动，而且神父还听见一声邪恶的叫声，叫声中还带着呼啸，仿佛什么东西被用力从骨肉中拔出，紧接着最可怕的声音出现了——一个女人的尖叫声，那种非尘世的叫声——来自一个既没死也不是活着的，但被深深埋葬了许多天的女人的尖叫声。而那个可怜的老神父，他只能跪在地上像筛糠一样大声颂念祈祷文和驱魔祷文来淹没那些可怕的声音。接着，一只小铁箱突然被扔上来，落到老神父的膝盖边，没多久安东尼奥来到神父身边，在灯笼跳跃的火光下，安东尼奥的脸白得像油脂一般，他疯狂而飞快地把沙子和鹅卵石铲进坟墓中，直到那个坑快要填满了才探头往里看。据神父说，安东尼奥的双手和衣服上满是鲜血。"

我的故事已经讲完了。霍尔格喝完了杯中的红酒，靠在椅背上。

"这么说安杰罗得到自己的遗产了，"他说，"他有没有娶到许配给他的那个漂亮的、身材丰满的年轻姑娘？"

"没有，他被吓坏了。后来他去了南美洲，从此以后杳无音讯。"

"我估计，那具可怜东西的尸体还在，"霍尔格说，"我想知道，现在那个东西已经死了很久吧？"

我也想知道，可是，那个东西到底是死的还是活的，我根本就不屑去看，即使在大白天也一样。安东尼奥的头发已经灰白了，从那天晚上起，他就像换了个人似的。

# 亡者之笑

一

八月末的一个下午，休·奥克兰姆爵士面带微笑，坐在书房的窗前。突然，一团怪异的黄云遮住了落日，明亮的阳光变得火红起来，仿佛刹那间遭到瘟疫浊气的破坏与污染。休爵士的脸活像一副用上等羊皮纸紧绷的木制面具,凹陷的眼睛深不可测。那双眼睛在褶皱的眼皮底下，活跃而警觉地注视着周围的一切，仿似待在洞中毫无分别且又并肩毗连的两只蛤蟆。就在阳光变化的一瞬间，他的双眸也闪过了一丝黄色的光芒。他微笑着，用他那苍白的双唇心满意足地咂巴着没有了色泽的牙齿，神情中充满了对人类不可原谅的仇恨和蔑视。

麦克唐纳嬷嬷，已经一百岁高龄了，她曾说，休爵士笑的时候，一定是看见了两个女人的脸——两个在地狱中，因他的背叛而死去的女人。

他的笑容渐渐飘散开来。

他的绝症已经侵入大脑。儿子加布里埃尔站在他身旁，个子高大、皮肤白皙而娇嫩，好像古画中的天使。加布里埃尔那双蓝色的眼睛，注视着父亲，充满了悲伤。尽管如此，他仍然感到父亲那令人恶心的微笑正偷偷掠过他的双唇，强迫自己咧开嘴唇。这真像是个噩梦，加布里埃尔并不想笑，可事实上，他却笑得很自然。

艾薇琳·沃伯顿站在加布里埃尔身旁，一只手放在他的肩上。他们长得很像：同样浓密的金发，同样忧伤的蓝眼睛，同样苍白得发亮的脸，同样如憔悴天使般的美丽。艾薇琳目不转睛地注视着她的伯父，同时感到那死亡的微笑也在她的红唇上轻抚，她深深地抿了一下嘴唇，两颗晶莹的泪珠顺着面颊滚落到了嘴边，从上唇再到下唇，而那微笑却像死亡的阴影和诅咒的标签贴在她那张年轻而纯洁的脸上。

"当然，"休爵士缓缓地说，双眼依然望着窗外的树，"如果你已决定结婚，我不能阻止你，但我觉得，你根本没有认真考虑过我的意见……"

"爸爸！"加布里埃尔责备似的大声叫道。

"没有，我没有骗自己。"老人接着说，可怕地笑道，"你们只能在我死后结婚。最好不要违背我的遗愿——最好不要。"他反复强调着，缓缓地将那双蛤蟆似的眼睛转向这对恋人。

"为什么？"艾薇琳颤声地问道。

"亲爱的，别问了。你们会结婚的，就好像那事并不存在。"停顿了好一会儿，他奇怪地低声说道，"两个已经走了，再走两个，就是四个了。烧吧，烧吧，烧亮点。"

话音刚落，他的头又缓缓地低了下去，蛤蟆似的眼睛中闪过的那丝光芒，从他褶皱的眼皮底下消失了——休爵士睡着了。他生病的时候经常这样，有时，即使在说话也会这样睡着。

加布里埃尔·奥克兰姆拉着艾薇琳走出书房来到昏暗的大厅，轻轻地关上书房的门，他们深深地吸了口气，就好像刚刚逃过了一次突如其来的凶险。手拉着手，两双相似的奇怪的眼睛久久地注视着对方，被莫名神秘的事物引起的恐惧取代了他们眼中的爱意和信任。他们苍白的脸相互映照着对方的惊恐。

"这是他的秘密，"艾薇琳终于开口，"他绝不会告诉我们的。"

"如果他想带着那个秘密去死，"加布里埃尔答道，"那就让它待在他的脑海里！"

"待在他的脑海里！"声音在昏暗的大厅里回荡着。这回声很怪，有些人会被它吓着，因为他们觉得真正的回声不会只重复只言片语或时有时无，它应该重复每一句话。麦克唐纳嬷嬷说过，当某位姓奥克兰姆的人将死时，这大厅从不会飘荡祈祷的回声，诅咒的声音倒偶尔会响起。

"待在他的脑海里！"声音轻轻地回荡着，艾薇琳害怕地环顾四周。

"这只不过是回音。"加布里埃尔拉着她走出了大厅。

他们走进了傍晚的夕照中，小教堂后面有一条石凳，它长得足以穿过教堂东翼的尽头，两人在石凳上坐了下来，四周很静，除了自己的呼吸，他们听不到其他的声音。偶尔，在远处的公园里，一只鸟儿在高唱着夜晚大合唱的序曲。

"这儿真安静。"艾薇琳紧张地抓着加布里埃尔的手，唯恐破坏这里的寂静，"要是天黑了，我会怕的。"

"怕什么？怕我？"加布里埃尔伤心地看着她。

"噢，不！怎么会是你。是那些奥克兰姆家先人的鬼魂。据说，他们就埋在我们的脚下，就在小教堂北边的墓穴。过去，他们被埋葬的时候，只是用裹尸布包着，没有棺材。"

"一直是这样的，他们也会那样埋葬我父亲和我。他们说，奥克兰姆家族的人是不躺棺材的。"

"这不是真的，只是传说！"艾薇琳与加布里埃尔靠得更近，两双手也握得更紧。太阳就要落山了。

"当然。不过,据说,老弗农爵士因为背叛詹姆士二世而被砍了头。家里人把他的尸体装进了一个有锁的铁棺材里,然后,从断头台运回来,葬在这北边的墓窖里。以后,每次打开墓窖埋葬家族里的人时,人们发现,那铁棺材总是开着的,尸体站在墙边,可头却滚在墙角落里,还对着尸体发笑。"

"就像休伯伯那样的笑?"艾薇琳打了一个冷战。

"是的,我想可能是。"加布里埃尔若有所思地回答,"当然我没见过。家里已经有30年没人去世了,墓窖也从未被打开过。"

"假如……假如休伯伯去世了,你会……"艾薇琳停了下来,她俊俏的小脸更加苍白。

"是的。不管那是什么,我会看着他带着秘密躺在那儿的。"加布里埃尔叹了一口气,双手握了握姑娘小巧的手。

"我真不愿想那个秘密,"她声音发颤,"噢,加布里埃尔,那会是什么呢?他说我们最好不要结婚。问题是,他不光要阻止我们,而且还说得那样奇怪,还是带着微笑说的。呃!"艾薇琳那两排洁白的细齿在颤巍巍地絮叨着,因为害怕,她靠加布里埃尔更近了,"而且,我觉得,我脸上也有那种笑容。"

"我也一样。"加布里埃尔低声紧张地说道,"麦克唐纳嬷嬷……"

他突然停了下来。

"什么？她说什么了？"

"噢，没什么。她告诉过我一些事……会吓着你的，亲爱的。来，天凉了。"他站了起来，但艾薇琳抓着他的双手，仍然坐着，仰望着他的脸。

"但我们应当按照我们的计划结婚——加布里埃尔！说，我们要结婚！"

"当然，宝贝，当然。但我爸爸病得很重，现在是不可以结婚的……"

"噢，加布里埃尔，加布里埃尔，亲爱的！我希望我们现在已经结婚了！"艾薇琳突然伤心地哭了起来，"我知道，有东西在阻止我们结婚，会把我们分开的。"

"没有什么能阻止我们！"

"没有？"

"没有任何人。"

加布里埃尔·奥克兰姆说完，被她拉了过去。他们的脸贴在一起，两张脸长得神奇地相似。加布里埃尔知道，艾薇琳的吻带着一丝略显邪恶的魅力。因为那股既甜蜜又致命的恐惧，她的双唇间透出一阵凉凉的气息。对于这一切，年轻而无邪的他们不能理解。艾薇琳轻轻地把他拉过来，她就像一株敏感的植物，颤抖着，晃动着薄薄的叶子，弯起来,轻轻地盖上它所捕获的东西。他心甘情愿地被她拉过去——即使她的触摸是致命的——因为他莫名地喜欢上了那半含着肉欲的、令人害怕的呼吸,而且他也狂热地爱上了少女双唇中那诱惑他的东西,像是一种神秘的邪恶。

"我们相爱,好像是在一个奇怪的梦中。"她说。

"我害怕醒来。"他喃喃地说。

"我们不会醒的,亲爱的。当梦结束时,它会悄悄地死去,我们无法知道。直到那时……"

她顿住了,望着他的眼睛,两人的脸贴得越来越近,仿佛他们的双唇也会思考,可以先知先觉,感受到对方。

"直到那时。"她低声重复着,双唇贴在加布里埃尔的双唇上。

"一直梦到——那时。"他喃喃地说。

## 二

麦克唐纳嬷嬷蜷曲在一张大大的老皮座椅中,即使是夏日,她的身上也裹着好几条厚毛毯。她的脚放在一张羊皮衬里的袋状脚凳上,身边的木桌上立着一盏小夜灯,还有一只总盛着饮料的银杯。

她的脸上爬满了皱纹,但那皱纹十分细小,聚在一起形成了纹影,而不是纹线。两缕细发从她的浆白帽中垂了下来,盖在太阳穴旁,白色的头发变成了灰黄。每当她从昏睡中醒来,眼皮就像粉红的丝质小窗帘一样折上去,那双奇特的蓝眼睛就会直勾勾地盯着前方,穿过门和墙,穿过尘世,直到一个遥远的地方。接着,她又睡着了,双手交叠着放在毯子的边上。随着年龄的增长,她的拇指长得比其他手指长。

将近凌晨一点。在夏夜微风的吹拂下,常春藤静悄悄地抚摸着窗户的玻璃。在隔壁一个半掩着门的小房间里,照顾嬷嬷的年轻女佣很快睡着了。一切都非常安静。老妇人均匀地呼吸着,每次呼气,她那扭曲的嘴唇就颤一颤。

这时,紧闭的窗外有一张脸向屋内张望着,碧蓝的眼睛盯着这个老态龙钟的、已经睡着的人。奇怪的是,那窗台离地面足足有80英尺高。那张脸很像艾薇琳·沃伯顿,只是面颊更瘦,白得有点反光。那眼睛盯着窗内,嘴唇鲜红——那是染了鲜血的、僵尸的嘴唇。

麦克唐纳嬷嬷缓缓地睁开了双眼,直视着窗外的那张脸。

"时候到了吗?"她问道,声音苍老而微弱。

突然,那张脸变了,眼睛越睁越大,血红的嘴唇张开来,露出亮白的牙齿。披散在脸旁的浓密金发竖了起来,在夏夜微风的吹拂下轻抚着窗玻璃。回答嬷嬷的,是一个令人毛骨悚然的声音。

那是一声骤然响起而又低沉的呜咽,好像暴雨前的雷鸣。接着,那呜咽变成了哭泣,紧接着又像是哀号,最后则成了冤魂的尖叫。若不经意听到这声音,无论谁都会相信,那女鬼的哭声是深夜中唯一能听到的罪恶哭声。

这一切结束后,那张脸消失了,嬷嬷在大椅中微微颤抖了一下。她望着那黑洞洞的方窗,除了夜色和低吟的常春藤,什么也没有。她转过头看着那扇半掩着的门,身穿白色睡袍的年轻女佣站在那,她害怕得牙齿咯咯作响。

"是时候了,孩子,"嬷嬷说道,"我必须去找他,该结束了。"

她用干枯的双手撑着椅子的扶手,缓缓地站了起来。女佣拿来了一件羊毛袍子、一件大斗篷和她的拐杖,不时地张望着窗户,恐惧得手足无措。麦克唐纳嬷嬷则不停地摇着头,说着女佣听不懂的话。

"那脸,那脸很像艾薇琳小姐。"女孩颤声说道。

年迈的老妇人愤怒而严厉地看了一眼女佣,奇特的蓝眼睛怒睁着。她用左手撑着椅子,站起来,右手则竭尽全力,想抬起拐杖打向女佣,但她并没有这么做。

"你是一个好孩子,"她说道,"可你很愚蠢。祈祷吧,孩子,求一点智慧——否则就另找一份差事做,别在奥克兰姆家。来,把灯拿过来,扶我起来。"

嬷嬷每一步都走得十分吃力,女佣在一旁搀扶着,拖鞋"啪嗒""啪嗒"一路响着。拖鞋声唤醒了其他仆人,很远他们就知道,是嬷嬷来了。

这时，所有的人都醒了，到处是灯光和窃窃私语。休爵士卧房外的走廊上聚集着许多脸色苍白的人，大家进进出出，但每一个人都给麦克唐纳嬷嬷让路。80多年前，她曾哺育过休爵士的父亲。

屋里的灯光柔和而明亮。加布里埃尔·奥克兰姆站在父亲的床前，艾薇琳·沃伯顿则跪在地上，金发披在肩上，双手紧张地攥在一起。在加布里埃尔的对面，一位女佣正试图让休爵士喝点东西，但他已经不行了。他的嘴微张着，牙关紧咬，相当憔悴，眼睛发出余光时，看上去就像两只黄色的煤球。

"别折磨他了，"麦克唐纳嬷嬷对端着杯子的女佣说，"他时辰已到，我要和他说说话。"

"让他们说吧。"加布里埃尔干涩的声音传出来。

老嬷嬷俯下身，将她那羽毛般轻飘的手放在休爵士发黄的手指上，那手干瘪得就好像是已经成熟的飞蛾。然后，她郑重其事地开始了谈话，只有加布里埃尔和艾薇琳留在了房中。

"休·奥克兰姆，"她说，"你快要活到头了。我看过你父亲出生，又见过你来到这个世界，现在我又来看着你死。休·奥克兰姆，告诉我真相，好吗？"

垂死的爵士认出了这个他一辈子都很熟悉的声音——又细小、又遥远，他极其缓慢地将那张蜡黄的脸转向麦克唐纳嬷嬷，但什么也没有说。嬷嬷接着说道:"休·奥克兰姆,你再也看不见阳光了。你会说出真相吗?"

他那蛤蟆一样的眼睛还未失去光泽,紧紧地盯着嬷嬷的脸。

"你想问我什么?"他问道,一个音比一个音混浊,"我没有秘密。我有过幸福的生活。"

麦克唐纳嬷嬷笑了——微小和干脆的笑声让她的头发轻轻抖动了起来,她的脖子好像是连在钢制弹簧上。休爵士的眼睛红了,苍白的双唇开始扭曲。

"让我平静地去吧。"他缓缓地说。

嬷嬷摇了摇头,颤颤巍巍地用她那棕黄色,像飞蛾般的手去摸他的额头。

"为了那个给你生命,又为你犯下的罪孽而悲伤死去的母亲,告诉我真相吧!"

休爵士的嘴唇紧紧地闭在他没有色泽的牙齿里。

"不想活着说。"他缓缓地答道。

"为了那个给了你儿子生命,又心碎地为你死去的妻子,告诉我真相吧!"

"我既不会在活着时说,也不会在死了后对她说。"

他的嘴唇痛苦地扭曲着,好像那些话是含在嘴里的热煤球,一颗豆大的汗珠从那羊皮纸似的额头上滚落下来。加布里埃尔·奥克兰姆咬着自己的手,无奈地看着垂死的父亲。麦克唐纳嬷嬷又说道:"为了那个你背叛了的,今夜在等着你的女人,休·奥克兰姆,告诉我真相!"

"已经太迟了。让我平静地去吧。"

他扭曲的嘴唇出现了一丝笑容,露出了黄色的牙齿。蛤蟆般的眼睛中闪着光芒,就像他头上两颗罪恶的宝石。

"还有时间,"老妇人说道,"告诉我艾薇琳·沃伯顿的生父是谁,然后我会让你平静地死去。"

艾薇琳吓了一跳。她盯着嬷嬷,又盯着她的伯父。

"艾薇琳生父的名字?"他缓缓地重复着,那可怕的笑容在他垂死的脸上弥漫。

房间里的灯光忽然变得昏暗。艾薇琳注视着这一切:麦克唐纳嬷嬷弯曲的身影在墙上变得十分巨大;休爵士的呼吸变得越来越重,喉咙里也发出咕隆咕隆的声音;死神像蛇一样潜了过来,使他窒息。她大声地祈祷着,高亢而且清晰。

这时,什么东西在轻敲着窗户玻璃。艾薇琳感到头发竖了起来。她不顾一切地张望四周,突然,她看到了自己苍白的脸在向屋内张望,眼睛透过玻璃盯着自己——狰狞硕大——她自己的头发在轻拂着窗玻璃,她的嘴唇染着鲜血。她从地上缓缓站起来,僵立了一会儿,尖叫了一声，晕倒在加布里埃尔的怀中。回答她的也是尖叫声，但那是受尽了折磨的僵尸发出的恐怖尖叫，她的冤魂因为那些可怕罪恶的耻辱而无法安息。

休·奥克兰姆爵士在他的灵床上坐了起来，目睹着这一切。他大声叫道："艾薇琳！"那刺耳的声音伴随着他身体的回落而中断于胸中。麦克唐纳嬷嬷仍然不放过他——留给他的时间已经不多了。

"你看到了艾薇琳的母亲，她在等着你，休·奥克兰姆。谁是那女孩的父亲？他叫什么？"

那可怕的笑容最后一次非常缓慢而清晰地浮现在他扭曲的嘴唇上，休爵士蛤蟆似的眼睛露出红光，羊皮纸般的脸在跳跃的灯光中显出一丝容光。他留下了最后一句话："知道的人都在地狱里。"

他的双眼迅速失去了光芒，黄色的脸变得像蜡一样苍白。那干瘪身体随之出现一阵剧烈的颤抖，他死了。

笑容还留在那死人的脸上，因为他守住了自己的秘密。他宁愿带着这个秘密去另一个世界，带着它永远躺在小教堂北边的墓窖中，就像奥克兰姆的祖先们一样，裹在尸布中，没有棺材，但只有一点例外：尽管他死了，他仍笑着，因为他把自己所珍视的罪恶秘密保守到了最后。没有一个活着的人知道他所说的人名，但人们将承受他所犯的罪孽结下的苦果。

麦克唐纳嬷嬷和加布里埃尔看着他死去,感到那如死亡般的笑容爬上了自己的嘴唇。当他们将目光转向仍然昏迷在加布里埃尔怀中的艾薇琳时,不由得一阵战栗,因为那同样令人恶心的笑容在她那张美丽的脸上扭曲着她娇嫩的小嘴。这笑容好像预示着什么巨大的灾祸,而他们却不得而知。

不一会儿,人们将艾薇琳抱了出去。她睁开眼睛,就在那一刻,她脸上的笑容消失了。远处的大房间里,哭泣声和低吟声从楼梯下传出,在阴森的走廊中回荡。女人们已经开始为她们死去的主人举行爱尔兰式的追悼仪式。大厅里整夜都飘荡着如远处林中女妖哀泣般的声音。

下葬时,休爵士被包在裹尸布中,接着被放在尸架上抬到小教堂里,人们穿过铁门和一个甬道,来到了北边那个点着蜡捻子的墓窖。他们要把他和他的父辈们合葬在一起。两个做准备的人先去了墓窖,他们回来时脸色煞白,步履蹒跚,好像喝醉了似的。

加布里埃尔·奥克兰姆事先知道真相,所以不害怕。他独自走进墓窖时,看到了弗农·奥克兰姆爵士的尸体靠石墙站着,头朝地,脸却向上。那干皮似的嘴唇冲着无头的干尸恐怖地笑着。地上,衬着天鹅绒的铁棺材敞开着。

偷窥的人看见加布里埃尔抱起那具干尸——因为墓窖的空气,它已经干透了——把它放回铁棺材里。就在尸体碰到棺材边和棺材底的刹那，人们听到了瑟瑟的声音，像一束芦苇。他又将头颅骨放回尸体的肩上，带着生锈弹簧的"啪嗒"声，合上了棺盖。

随后，躺在尸架上的休爵士也被放在了他父亲的身旁。人们又回到了小教堂。主仆们偶然对视时，发现彼此都在笑着，那笑容正是刚刚被放进墓窖里的死尸的微笑。人们都不敢再相互看一眼，直至那诡异的笑容消失。

## 三

加布里埃尔·奥克兰姆继承了准男爵爵位，成了加布里埃尔爵士，他也继承了被父亲败了一半的家产。艾薇琳·沃伯顿还住在奥克兰姆家大宅子朝南的一间房里。从记事起，她就一直住在那儿。她没地方可去，也没有其他的亲戚可以走动，况且，她似乎也没有理由不待在这儿。这世上没有人关心奥克兰姆家如何管理他们的家产，奥克兰姆家也有很长时间没有与外界接触了。

在餐厅里的那张黑色旧桌子旁，加布里埃尔爵士坐上了父亲的位子。一直到悼念仪式结束，艾薇琳都坐在他对面——他们终究还是要结婚的。他们的生活与从前没有什么区别。在休爵士不能主事的最后一年中，他们也只是每天去看望他一会儿，其他大部分时间，这两人都以一种完美的方式厮守在一起，令人惊讶。

转眼间，仲夏带来了萧瑟的秋天，不久，寒冷的冬天也接踵而至。凄风苦雨，连绵不断，伴随着人们的，是一个个精短的白昼和漫长的黑夜。然而，奥克兰姆大宅却不再像从前那么阴沉了，因为休爵士已经和他的父亲一块儿躺在了北边的墓窖里。

　　圣诞季节到来，艾薇琳给大宅装饰了冬青和绿树枝，将每一个壁炉都烧上了熊熊的炉火。佃户们都来参加新年夜的晚餐。加布里埃尔坐在餐桌的主人位置，大家尽兴地吃着喝着。这时，艾薇琳端了一壶葡萄酒走了进来，一名最受尊敬的佃户站起来，祝她身体健康。

　　当说话者讲到已经很长时间没有一位奥克兰姆夫人时，加布里埃尔爵士却盯着桌面，顺势用手遮住了眼睛，艾薇琳水一般的面颊略微白了一下。那位满头银发的佃农，马上改口说已经很久没有一位如此美丽的准奥克兰姆夫人了。最后，他提议为艾薇琳·沃伯顿的健康干杯。

　　所有人都站起来，大声祝她健康。加布里埃尔爵士也站起来，走到艾薇琳身边。然而，当佃户们最后大声欢呼时，一个更高、更尖的声音响起——那不是佃户的声音，而是冲着奥克兰姆大宅的新娘来的，魑魅的厉声尖叫，甚至让烟囱上的冬青和绿树枝都颤动了起来，好似一阵冷风刚刚刮过。

　　人们的脸霎时变得惨白。许多人放下杯子，而更多人的杯子则跌落在地板上。每一个人都在诡异地笑着——如同已死去的休爵士那样。

死亡的恐惧降临到了人们的身上，大家惊恐地四处逃窜，相互践踏，就像森林中烟熏火燎的野兽一般。桌子被掀翻，摔碎的酒杯和酒瓶到处乱滚，深红的葡萄酒像血一样淌在光亮的地板上。

加布里埃尔爵士和艾薇琳孤零零地站在杯盘狼藉的桌边，谁也不敢看对方一眼，因为他们知道，另一个人一定也在笑着。对于眼前的一切，他们一片愕然，加布里埃尔右臂搂着艾薇琳，左手紧紧地环抱着她。如果不是艾薇琳的头发浓密，他们的脸难以区分。

他们侧耳听着，良久，那尖叫声却没再响起。终于，那死亡般的笑容，从他们的唇边消失了。这时，他们两人都想起了躺在北边黑暗墓窖里的休·奥克兰姆爵士，此时的他，也应该正在裹尸布里笑着，因为，他是带着那个秘密去的。

新年的宴会，就这样结束了。从此以后，加布里埃尔爵士变得越来越沉默寡言，他的脸也越发苍白和憔悴。他经常一言不发，突然站起来，好像有什么东西在驱赶着他，逼迫他不断违背内心的意愿。他经常冲入雨中或是烈日下，来到北面的那个小教堂，坐在石凳上盯着地面，仿佛能穿过土石，看到下面的墓窖，透过黑暗中那白色的裹尸布，看到那永不消逝的死亡之笑。

每回他跑出去，艾薇琳就会立刻跟着出来，坐在他的身旁。一次，他们美丽的脸像从前那样，突然靠在了一起，低垂的眼帘，几乎接吻的红唇,然而,就在眼神相遇的瞬间,他们的眼睛竟越变越大,一圈白色环绕在深蓝瞳孔的周围。他们的牙齿开始打战,双手像尸体一样冰凉。那是来自脚下莫名之物的恐惧,是他们知道,却看不见的东西带来的恐惧。

还有一次,艾薇琳发现加布里埃尔爵士手拿钥匙,独自待在小教堂里。他站在那扇通向冥界的铁门前,钥匙却没有插入锁眼。艾薇琳颤抖着把他拉开,因为,她也是在梦游的驱使中来到这里,她想看看那个恐怖的东西,想弄清楚,它被放到那儿后,是否已发生了变化。

"我快要发疯了,"加布里埃尔爵士一边走着,一边用手遮住眼睛,"我睡觉时,看到的是它,醒来时,看到的也是它。它没日没夜地将我领到这。我要见不到它,我就去死!"

"我知道,"艾薇琳答道,"我知道。它就像蜘蛛一样,吐着丝线,把我们牵到这儿。"她沉默了一会儿,突然,狂躁地使出男人般的力气,抓住他的一只手臂,几乎尖叫道,"但是,我们绝不能去那儿!"她叫喊着,"我们决不能去那儿!"

加布里埃尔爵士的眼睛半闭着,并没有被她痛苦的表情所打动。

"我会死的,除非我能再见它。"他那平静的口吻,似乎不是出自他本人。整整一天一夜,他几乎难得开口,总是若有所思。艾薇琳则从头到脚都在为那不知名的恐惧而颤抖着。一个灰色冬日清晨,艾薇琳独自一人来到麦克唐纳嬷嬷的房间，坐在大皮椅旁，把自己那白嫩的细手放在了嬷嬷干枯的手指上。

"嬷嬷，"她说，"那天晚上，休伯伯去世前应该告诉你什么？那秘密一定很可怕——可是，尽管你问他，我却觉得，你已经知道了答案，而且你还知道，他为什么笑得那样可怕。"

老妇人缓缓地摇了摇头。

"我只是猜的……我永远也不会知道了。"她用干脆而细小的声音缓缓答道。

"你猜的是什么？我是谁？你为什么会问我的亲生父亲是谁？你知道的，我是沃伯顿上校的女儿，我妈妈是奥克兰姆夫人的妹妹，所以，加布里埃尔和我是表兄妹，我父亲是在阿富汗被杀的。哪会有什么秘密呢？"

"我不知道，我只是猜测。"

"猜什么？"艾薇琳握了握那柔软而干枯的手，恳求道，身子向前倾了倾。麦克唐纳嬷嬷那布满皱纹的眼皮，突然闭了起来，掩住了那奇特的蓝眼睛，她的嘴唇随着呼吸而微微抖动着——她似乎睡着了。

艾薇琳等待着。那个爱尔兰女佣在炉火旁飞快地编织着衣服，她手上的织针发出"咔嗒""咔嗒"的声响，就像有三四只时钟在较着劲。而那只真正的挂钟则在墙上阴郁地"嘀嗒"着，将那个百岁老人所剩不多的生命，分分秒秒地扣去。窗外，常春藤在寒风中敲打着同样一百年的玻璃。

艾薇琳坐在那儿，又一次感到了那可怕的冲动———一个恶心的愿望在她心底苏醒：下去，下去看看北边墓窖里的东西，打开那裹尸布，看看它是否变了。她抓住麦克唐纳嬷嬷的手，仿佛要使自己留在原地，以抗争那来自罪恶和死亡的可怕诱惑。

这时，那只躺在脚凳上给麦克唐纳嬷嬷暖脚的老猫站了起来。它伸了伸懒腰，盯住艾薇琳的眼睛，身体一边向后躬，一边竖起尾巴，张开毛发。不一会儿，那丑陋的粉色嘴唇竟然咧开，露出一种魔鬼般的笑容，连尖尖的牙齿也露了出来。艾薇琳盯着它，有点对它的丑态着迷。突然，它伸出一只爪子，五趾分开，向那姑娘满怀敌意地啐了口唾沫。刹那间，这张牙舞爪的老猫就像地底下的尸体一样笑着。艾薇琳颤抖着瘫倒在地上，用空着的另一只手遮住脸，唯恐嬷嬷醒来时，看到那死亡的笑容，因为，她已经感觉那笑容就在自己的脸上。

老妇人已经睁开了眼睛。她用杖尖碰了碰那只猫，瞬间它就挺直了身体，缩回了尾巴，悄悄地溜回到脚凳上，但是那黄色的眼睛，却仍透过眼皮的缝隙，斜视艾薇琳。

"嬷嬷，你猜的到底是什么？"艾薇琳又问道。

"一件坏事，一件缺德的事。不过，我不敢告诉你，那可能不是真的,这个想法会毁掉你一生的。如果我猜对了,那就是他不想让你知道,你们俩应该结婚,用你们的灵魂去偿还他的旧债。"

"他曾说过,我们俩不能结婚。"

"是的,他也许说过。这就好比一个人把毒肉放在一只饥饿的野兽面前,对它说'别去吃它',可他却从不伸手将那肉拿走。如果他告诉你不要结婚,其实,他就是希望你们结婚。在所有活着和死了的男人中,休·奥克兰姆是最坏的一个,他曾经编过一个懦夫的谎言,最粗鲁地伤害了一个弱女子,更糟糕的是,他还爱这个罪恶。"

"但是,我和加布里埃尔是相爱的。"艾薇琳非常伤心地说。

麦克唐纳嬷嬷昏花的眼睛望着远方,那是遥远的过去,那一草一木,一位过往的青年,他的影子模糊地升腾在灰色的冬日里。

"如果你们相爱,可以一起去死,"她非常缓慢地说,"如果这是真的,你们为什么要活着?我已经一百岁了。生命给了我什么?开始是火,结束就是一堆灰,可结束与开始之间,全是这世上的痛苦。让我睡吧,我是死不了的。"

老妇人的双眼再一次闭上了,她的头沉到胸口上。

嬷嬷睡着了,那只猫也在脚凳上熟睡着,艾薇琳走出了房间。这个小姑娘试图忘掉刚才那番话,但她却做不到,那话语一遍遍地在风中、在楼道里响起。灵魂中那注定受牵连的、未知的罪恶让她恐惧到恶心,体内有某种东西，从另一个世界里压着她、推着她、强迫着她。她感到某根绳索在神秘地牵引着自己。一闭上眼睛，她就能看见小教堂的神坛后，那个她必须走进去面对什么的矮铁门。

夜里，她清醒地躺在床上，用床单盖住脸，害怕看见墙上那召唤自己的影子。她双手抓着床垫，听着自己温和的呼吸在耳旁轻响，这样或许能阻止自己起床走向那小教堂。要是没有那条从图书室通向那里的路，没有那扇从来不上锁的门，她就能更容易地控制自己，拿着蜡烛，神不知鬼不觉地穿过沉睡中的大宅子，真是容易得可怕。墓窖的钥匙就藏在神坛后一块能活动的石头后面，她知道这个小秘密。她能独自一人去那儿看看。

然而，艾薇琳一想到这里，就感到自己的头发竖了起来。她颤抖着，床也跟着抖动起来。她感到十分痛苦，恐怖的冷战正传遍她的身体，就像有无数的冰针，同时刺入她的神经。

## 四

麦克唐纳嬷嬷塔楼里的老时钟正指向午夜。从屋子里，她能直接听到外面"嘎吱""嘎吱"的链条声，楼道拐角盒子里的砝码声，还有那生锈的杠杆在升起钟锤时刺耳的声音。这都是她听了一辈子的声音。老时钟清脆地敲了11下，接着，沉闷的半击又带来了第12下，似乎钟锤也已困得不能完成最后一击,靠着铃睡着了。

那老猫从脚凳上爬起来,伸了个懒腰。在昏暗的灯光下,麦克唐纳嬷嬷睁开她那昏花的眼睛,缓缓地环顾着房间的四周。她用拐杖碰了碰猫,那猫又躺回到她的脚下。嬷嬷喝了几滴杯中的饮料,又继续睡去了。

然而,在楼下,当老时钟敲响时,加布里埃尔爵士却笔直地坐着。他刚刚做了一个噩梦,他的心在被惊醒的那一刻凝固了,接着,他的呼吸又让它剧烈地跳动起来,就好像一头野兽刚刚被放了生一样。过去,姓奥克兰姆的人从没有经历过梦中惊醒的事情,可对加布里埃尔爵士来说,这已经不止一次了。

他坐在床上,用手按着太阳穴,虽然两手冰凉,但他的头却是火热的。噩梦消失了,取而代之的,却是那折磨心灵的想法。想着,想着,他的嘴唇也在黑暗中令人恶心地扭曲起来——那是微笑。在另一个地方,艾薇琳·沃伯顿也又一次梦见了那死亡的笑容,出现在自己的嘴角,她呻吟着惊醒,双手捂着脸,不住地颤抖。

加布里埃尔爵士点亮了灯,起床在大屋里徘徊。北爱尔兰的冬夜是相当漫长的,虽已是午夜,可他睡着的时间还不到一个小时。

"我要疯了。"他手撑着额头,自言自语道。他知道这次是真的。几个月来,这东西就像病魔一样,在他脑海中挥之不去,除非他不去想它，而且什么都不要想。而现在，所有这一切突然超出了他的克制能力，他知道自己快丧失思想，变成它的傀儡了。他知道，如果他还知道什么是害怕，就必须去做那件让他又恨又怕的事。否则，在他还活着的时候，那东西将会潜入他的脑子里，将他和他的生命拆散。他拿起那个沉重的、一直是主人用的老式烛台，连外衣也没穿，只穿着一件丝质的睡袍和一双拖鞋，打开了房门。

古老的大宅里，一切都很安静。他关好房门，踏上地毯，静悄悄地穿过长长的走廊。一丝冷风吹过他的肩头，烛光摇曳。他本能地停了下来，看了看四周，然而一切都很宁静，笔直的烛焰也在稳稳地燃烧着。突然，从他的身后吹来了一阵很大的穿堂风，几乎要将烛火吹灭。他继续向前走着，而那风似乎要挡住他的去路。每次，他一回头，风就停住了，可只要一迈步，风又来了，虚幻而冰冷。

加布里埃尔走下楼梯，来到了那有回声的大厅，除了好似在流泪的烛台上，烛光在摇曳着，其他什么也没有。他穿过一扇前门，走进图书室，这里很暗，堆放着一些旧书和雕花的书箱。接着，他又继续走到了另一扇门前，上面画着一些书架和虚拟的书壳，"喀哒"一声，门在他身后轻轻地自动关上了，这时，冷风吹过他的肩头，吹起了他的头发。

他走进了一个低矮的拱形过道。尽管，他身后的门已经严丝合缝地闭上，他走动的时候，烛焰仍然被冷风吹得飘向前方。他一点也不害怕，只是面色煞白，双眼睁得又大又亮，好像他已看到了黑暗中前面那东西的模样。然而，当他走进小教堂里，却静默地站着，一只手放在石坛后面那块可以活动的小石板上。石板上刻着：

最杰出的奥克兰姆先辈们墓窖的钥匙

加布里埃尔爵士停在那儿，听着。他以为，自己能听到远处万籁寂静的大宅里发出的某一声响，可它却没有来。他仍然不死心，想等到最后，眼睛盯着那低矮的铁门，铁门的后面，穿过一条长长的下坡甬道，躺着他那没有棺材的父亲，死了六个月，裹尸布里的他也该腐烂了，可怕极了吧？哦，墓窖里那奇怪的保护性空气，可能还没有把他变成那样。不过，尽管他面目狰狞，眼睛半闭半开，他的脸上应该仍然留着那死时恐怖的笑容——那魑魅的笑容。

当这个想法闪过他的脑海时，爵士感到他的嘴唇在痛苦地扭曲着。他愤怒地用手背狠狠地抽了自己一个耳光，一滴鲜血从他的嘴角滴下，第二滴，更多的血在黑暗中落在了小教堂的地砖上，但他那青紫的嘴唇却依然扭曲着。他转动小石板，取出了那把秘藏的钥匙。这钥匙不需要更稳妥的存放处，因为，即便每一个奥克兰姆家的逝者都葬在纯金的棺材里,即使那铁门是大开着的,这地方也没有一个人敢去,除了加布里埃尔·奥克兰姆。这个长着一张天使般的脸庞、一双细白的手指,和一对忧郁而坚定眼睛的年轻人,他拿起那把又旧又大的钥匙,插进了铁门的锁眼。前方的甬道里回响起沉重的"嘎吱""嘎吱"声,像是谁的脚步,又好像某个看守者站在铁门后目睹了这一切后跑开了,这声音又死又沉。加布里埃尔静静地站着,冷风仍从他背后吹来,将烛焰吹向铁门。他转动了钥匙。

加布里埃尔爵士发现他的蜡烛已经很短了。神坛上有一些灯芯更长的新蜡烛,他拿了一根点着,将手中那根快要燃尽的放在地上。他俯下身时,嘴角又流下一滴血,落在地砖上。

他拉开铁门,将它推靠在小教堂的墙上,这样,当他在墓窖中时,门就不会自动关上了。黑暗中,坟墓里那恐怖的恶臭气味从地底深处迎面向他扑来。他走了进去,闻着那恶臭的空气,大踏步走下甬道,拖鞋拍在地砖上,发出"啪啪"的声音,那长蜡烛的火焰也被吹得笔直。

他用手遮住蜡烛,在烛光的映照下,他的手指仿佛是由蜡烛和鲜血做成的。尽管如此,那诡异的风,却把烛焰吹成了黑色烛芯上的一点蓝火苗,好像一定要熄灭它似的,但加布里埃尔依然目光如火,勇往直前。

向下的甬道很宽,靠着那挣扎着的微弱烛光,他有时连墙也看不见。但是，当他听到自己的脚步回声变得巨大而沉闷，并且感到远处有一堵白墙时，他知道自己已到了墓窖。他一动不动地站着，手掌几乎把烛焰围了起来。他的眼睛已经差不多适应了这昏暗，这使他看到一些模糊的轮廓——那里并排、拥挤地安放着奥克兰姆先人们的尸架。尸架上的尸体，笔直地裹在布中，被干燥的空气保存得完好，就像夏天里蜕掉了壳的蝗虫一般。在前面几步的地方，他清楚地看到一个全黑的物体——无头弗农爵士的铁棺材。他知道，自己要找的东西就在它侧旁。

加布里埃尔和他那些已死去的先人们一样勇敢。这里有他的父亲、祖父、曾祖父……他知道，自己迟早也要来这儿躺下，就睡在休爵士的旁边，他也同样会渐渐地被风干成一具羊皮纸般的躯壳。然而，现在他还活着。三颗豆大的汗珠出现在他的额头，他闭上眼睛，定了定神。

睁开眼睛后，加布里埃尔根据裹尸布颜色的不同，找到了自己父亲的尸体——其他尸体上的裹尸布都因年代久远而变成了棕色，而且，烛焰也被吹着指向了它。他向前走了四步，来到它的跟前。突然，蜡烛的火焰高高地窜起，放射出炫目的黄色光芒，照在上等的白色亚麻裹尸布上。尸体胸前双手叠放的地方和脸部的亚麻布已经变了颜色，令人恶心的印渍已在那里扩散，印着尸体的面容和紧握着手指的轮廓，那些地方都变黑了。风干中的尸体散发出可怕的恶臭。

加布里埃尔爵士俯身查看时，有什么东西在他身后活动，先是轻轻地，然后发出更大的声响，随着一声沉闷的重击声，它落到了石头地面上，滚到他脚边。他吓了一跳，转身发现一个干枯的头颅几乎脸朝上地待在地砖上，冲着他露齿而笑。他感到脸上直冒冷汗，心脏痛苦地狂跳不止。

他平生第一次感到那邪恶的东西——人们所谓的恐惧——摄住了他，考验着他的心脏。就好像一名冷酷的骑手，在制服一匹颤抖着的马——冰冷的手抓着它的脊背，寒冷的呼气撩起它的鬃毛，铅沉的重量爬上来，在它的背上挤压。

他咬了咬嘴唇，弯下腰去，一只手拿着蜡烛，另一只手缓缓地掀开裹在尸体头上的布。布与尸体半干的脸皮开始分离，他的手颤抖着，就像有人在拉着他的肘部。因为害怕，又因为和自己生气，他用力拽了一下，布就与尸体的脸分开了，发出一点儿撕裂的声音。他手抓着布，屏住呼吸，既不把布盖回，也不瞧一眼那尸体的脸。恐惧震慑住了他，他感到老弗农·奥克兰姆那无头的尸体，正站在那铁棺材里，用那被砍断脖子的残体注视着他。

正当加布里埃尔屏住呼吸时，那死亡的笑容又一次在扭曲着自己的嘴唇。他突然为自己的痛苦而感到愤怒，猛地把染着尸渍的亚麻布向后抛去，目光终于转向了那尸体。牙关紧咬的他生怕发出尖叫。哦，就是它！这个折磨着他，也折磨着艾薇琳·沃伯顿的东西，这个让所有靠近它的人受罪的东西。

尸体的脸上染着大块的黑色污渍，灰白的细发缠结在褪了色的额头上。深陷的眼皮半张着，在那蛤蟆似的眼睛曾经活动的地方，有什么污秽的东西在烛光下闪闪发光。

和休爵士活着时一样，那尸体依然在笑。那被拉宽的恐怖嘴唇咧开着，紧贴在休爵士的狼齿上，依然是诅咒，依然在挑衅着连地狱里都做不出的恶事——挑衅、诅咒，永远在黑暗中笑着。

加布里埃尔掀开了裹着尸体手臂的布。那发黑的干枯手指，紧紧地握着一个被污染的、颜色斑驳的东西。尽管从头到脚都抖个不停，他却像一个男子汉一样，在巨大的痛苦中与命运搏斗。他试着从那尸体握紧的手中取出那包裹。然而，当他拖拽那个包裹时，尸体那爪子般的手指似乎握得更紧了。他用了更大的力气，可那萎缩了的手和胳膊却随着他的动作从尸体上抬了起来，好像活了过来，令人恐怖。终于，他猛拽着的包裹被松开了，尸体的手又跌回到原位，仍然紧握着。

他把蜡烛摆在尸架边，撕开了那糙纸的封条。为了得到更亮的光线，他跪在地上。读着上面的文字——休爵士很久以前用他那奇特的手书写了里面的文字。他不再感到害怕了。

加布里埃尔读到了休爵士所写下的、碰巧见证他罪恶和仇恨的一切。他写到了自己曾经如何爱过他妻子的妹妹，他的妻子又如何因为他的诅咒而心碎地死去。他写到他和沃伯顿如何在阿富汗肩并肩战斗；沃伯顿又是如何战死；奥克兰姆如何在整整一年之后带着他战友的妻子回到家中，而她的孩子，小艾薇琳，就出生在奥克兰姆的大宅子里。他写到自己是如何厌倦了孩子的母亲——像她姐姐一样，她也在休爵士的诅咒中死去。艾薇琳又是如何被作为他的侄女抚养大；他又如何坚信，那无辜而又无知的儿子加布里埃尔和女儿会相爱，然后结婚。还有，那两个他已背弃的女人的灵魂，会因此在转世之前再受煎熬。而且，他最后希望某一天，当木已成舟时，两个孩子可能会发现他所写的东西，然后继续像丈夫和妻子那样生活下去，为了他们的孩子、为了这世上的流言而不吐真言。

跪在北边墓窖的尸体旁，就着神坛蜡烛的光芒，加布里埃尔读着这些文字。读完最后一行时，他大声地感谢上帝，让他及时发现了这个秘密。而就在他最后站起来，俯视那张死者的脸时，那脸已经变了。笑容永远地消失了，颚骨稍稍落了下去，死人的嘴唇也终于放松。突然，他感到身后一阵很近的呼吸声，不像刚进来时那吹着烛焰的气流那般寒冷，很温暖，也很有人性。他倏地转过身。

披着金发的艾薇琳站在那儿，只穿着白色的睡袍。她起床后，一直悄无声息地跟随着他，来到了这里。就在他阅读的那会儿，她也跟在他身后读着。

加布里埃尔见到她,大吃一惊,因为,此时的他已不能自持。在这死亡的宁静之地,他大声地叫道:"艾薇琳!"

"哥哥!"她轻声而温柔地回应着,伸出双手,握住了加布里埃尔的手。

## 尖叫的头颅

我总是听到它尖叫。不，我不是神经质，也并非凭空想象，过去我从不相信鬼魂，但是这次除外。其实不论它是什么，它恨我，就跟恨路加·普拉特一样，而且它是冲我尖叫。

如果我是你，我绝对不会对人讲如何杀人得手之类的凶事，因为你不能断定正在桌边倾听的人，是否已对他最靠近和最亲爱的人产生倦意。我一直在为普拉特夫人的死内疚不已，而且我还认为，在某些程度上我要对此负责。虽然老天知道，除了长寿和幸福之类的祝福外，我对她没有其他任何的企图。要是我没说那个故事的话，她肯定还活着。我猜想，那大概也是那玩意儿朝我尖叫的原因。

她是个漂亮的小妇人，性格温婉，为人周到，说话声音轻柔。但是，我记得听到过一回她的尖叫声。那是她知道自己的小儿子被人人都以为没上膛的手枪射杀了之后，真的，和现在的尖叫一模一样，临了还有一阵升高的颤抖。你明白我在说什么吗？两者声音分毫不差。

事实上，我真不知道，这个叫路加·普拉特的医生与他的妻子关系一点也不好。过去待在他家时，我只发现他们偶尔会发生些小争执，我还注意到普拉特太太那时满脸涨红，狠狠地咬着嘴唇在压抑自己，路加却一脸铁青说着最伤人的话。我记得，他在幼儿园和后来上学时都是这副德行。你知道，他是我的侄子——这也是我去他家的原因。他的儿子查理，在他死前就命丧南非，从此他家别无他人。他有点小房产，是那种像我这样的老水手可以用来种点花草的地方。

人总是清晰地记着他人的缺点，而不是哪怕最突出的优点，对吗？我也老注意到这事。有一天，我和普拉特夫妇共进晚餐，当我与他们谈起那让一切都改变了的事情时，那是个11月份潮湿的夜晚，大海在呜咽，嘘！别作声，要是那天谁也不说话，一定能听到的……

你听到浪潮声了吗？忧伤的声音，是吗？有时候就在一年中的这个时候，嚼，又来了！别害怕，它不会吃掉你，这只是一种声音，仅此而已！但我很高兴，你听得到，因为总有人以为那是风声，或是其他我想象出来的声音。我想，今晚你是不会听到这个声音的，因为它有了一次后就不会再来了，是的，是这样的。给火再加根柴，或者为这堆你喜欢的微弱火光加点别的东西吧。你还记得那个叫老布劳克洛特的木匠吗？那个当克龙塔夫覆没的时候，把我们救上德国船的人。我们航行在那个狂风呼啸的夜晚，你可以用任何舒服的方式想象，500里没有陆地，而那条船就像钟摆那样上上下下，老布劳克洛特唱着："孩子们，保佑你们今晚顺利上岸！"就这么唱着，他拿着航海标回到了自己的房间。我时常会想起这件事，现在好了，我上岸了，永远上岸了。

是的，那也是一个像今天这样的夜晚，我回家，等着带奥琳琵亚去她第一次的旅行，第二次她的旅行就破了纪录，你记得的，那有日期，那是1892年的11月初。

天气很坏，普拉特心情也坏，晚餐也不怎么好吃，其实是很不好吃，让人情绪更不好，还很冷，这就更糟了。小妇人对此很不开心，坚持要用威尔士干奶酪来中和生甘蓝和半熟的羊肉。普拉特可能那天太累了，他死了个病人，总之，他情绪一塌糊涂。

"你看，我太太想毒死我。"他说道，"她会得逞的。"我看得出普拉特太太很受伤，我只好挤出笑脸说，普拉特太太聪明得让丈夫看出了这么简单的伎俩。然后，我开始给他们讲述日本人使用玻璃纤维，细碎的马毛等东西的小技巧。

普拉特是个医生，对这些东西，他知道得比我多，因为这一点差别刺激了我的唠叨。我给他们讲述了一个爱尔兰妇女，连杀三任丈夫后才被人们识破诡计的故事。

你从没听过那故事？故事的结局是第四个丈夫挣扎着醒来并当场抓住了她，事后她被处以绞刑。你知道她干了什么？她用药麻醉了他们，再把熔化的铅趁他们熟睡的时候，从耳朵里倒了进去，工具就是一把小小的羊角漏勺。

那时风正在呜咽，又吹南风了，我可以从风声中辨出方向。还有，今年的这个时候，夜里不太可能再有那晚的声音了。是的，那是11月份。在我吃过饭后不久的某一天，可怜的普拉特太太猝死在自己的床上。我可以算出日子，因为我在汽船上得到这一消息。当时，正是我带奥琳琵亚第一次出海后的第二天。那一年，你有了雷奥佛瑞克。是的，我记得。你我之间是一对多好的良知益友，50年了！我们在船上共为师徒，你忘了老布劳克洛特吗？"孩子们，保佑你们顺利上岸！"哈，哈，再喝点酒。这瓶酒还是我在地窖里找到的，当时这房子刚刚归我。没错，正是那瓶25年前的、我把路加从阿姆斯特丹带出时的酒。他从来没碰过它一口。可怜的家伙，或许他现在后悔了。

我说到哪了？哦，我告诉过你，普拉特太太是突然死去的。是的，路加一定在她死后非常孤独，至少我是这么认为的。我不时地会去拜访他，他看上去疲惫而紧张，而且还对我说他的工作让他不堪重负，然而，他却拒绝再找个帮手。光阴荏苒，后来他的儿子死在了南非，再后来，他开始变得怪癖起来，某些行为也与一般人不太一样。不过，我想他把做医生的感觉保持到了生命的最后时刻，他从没有得到过任何有关重大错误的病例投诉，与此类似的事情都没有发生过，但是他对自己有自己的看法……

路加年轻的时候是个头发红、面色苍白的人，从来没发过福。中年的时候，他的头发颜色变成了沙滩灰，儿子死后，它们变得越来越淡。后来他的脑袋变成了一个像骷髅上面紧贴着一层羊皮纸的模样，他的目光里也有一种看上去令人非常不舒服的神情。

他还有一条老狗，可怜的普拉特太太曾经非常喜欢它，不论走到哪里都带着它。虽然它有一个很吓人的习惯，就是把上嘴唇吸到它某一个利齿后面，但它却是一条在你能见到的所有动物中脾气最好的吧喇狗。晚上有些时候，普拉特和这条叫邦伯的狗会长久地坐着，相互对视。我想他们一定在怀念过去的某段时光：那时，普拉特太太就坐在你待的地方，那总是她的地盘，而我坐的这个地方是医生的。邦伯过去要靠爬脚凳才能上得椅子，它那时又老又胖，不太会跳，牙齿也开始松动。它会直勾勾地盯着路加，而路加也会直勾勾地盯着它。过了五分钟左右，其实还用不了这么久，邦伯突然开始全身抖动，一时间发出了好像被击中的可怕嚎叫，它一个筋斗从安乐椅上跳了下来，跑出去把自己藏在餐具柜下,躺在那儿发出怪怪的声音。

你只要想象一下普拉特生命的最后几个月的样子,你就不会感到奇怪。我没有神经质,也不会凭空想象,但我绝对相信,一个神经过敏的女人会被他吓疯的,因为他的头的确就是一个贴着羊皮纸的骷髅。

最后,我在圣诞节前的一天去了一趟他的家,在我的船靠近码头前,我已经有三个星期没来了。邦伯不在了,我随口说了句我认为它死了的话。

"是的。"普拉特回答道,在他稍做停顿继续往下说时,我发现他的语调中有些异样。"我杀了它,"他接着说,"我不能忍受它。"

虽然我能够猜出究竟,但还是向他询问了让他不能忍受的事情。"它自个坐在她的椅子上盯着我,还冲我嚎叫。"路加抖了一下,"可怜的邦伯,它没受什么苦。"他接着匆匆忙忙地补充着,好像我会想象他曾经的残酷。"我在它喝的东西里加了让它睡得很沉的药,然后我用氯仿慢慢麻醉它,这样即使它在做梦时都不会窒息,以后太平了。"

我不知道他在说什么,那些话从他嘴里说出来,似乎是些他不能控制的行为。从此,我明白了,他的意思是自从那条狗消失之后,他就听不见那声音了。也许,他以为老邦伯在院里对着月亮的嚎叫就是那个声音,其实不是那个声音,对吗?而且,我知道那是什么,普拉特却不知道。邦伯的叫声只是一种噪音,一种并不伤害任何人的噪音。

但是，普拉特却比我还善于想象。毫无疑问，在他这个地方，有些我不太明白的东西。当我有不明白的事情时，我倾向于把它称作现象。我从不像他那样，以为那个现象会杀了自己。我初到海边时对一切事情大都不太清楚，你也一样，很多人都这样。比如，我们过去谈到过定时涨落的海浪，开始我们不能解释。现在我们知道了，它们可以叫作海底地震，由此还扩充出了50条定理，只要我们知道地震的情状，任何一条定理都可以让它们变得可以理解。我有一次还真碰上了地震，当时墨水瓶径直从桌面一直蹿到我船舱的天花板。莱基船长也经历了类似的事情，我敢说，你一定在他写的《皱波》看到过关于此事的描写，那是一本很好的书。如果那种事在岸上发生过的话，比如在这间房子里，一个神经质会谈论鬼怪、灵异和其他50件没什么意义的东西，而不是静静地用"现象"来理解还没有解释的事情。这就是我对那个声音的观点。

还有什么可以证明路加杀了他太太呢？除了对你，我不想跟任何人说这些话，毕竟可怜的普拉特太太猝死在了她自己床上只是某种意外，可那是听完了我故事的那顿晚餐后。当然她也不是唯一一个那样死去的人。路加从另一个教区请了一名医生，他们一致认为，她死于某种能让心脏致命的东西，为什么不可以呢？这太平常了。

当然，还有那个铸勺，我从未对任何人提起过它，而我的怀疑就起因于在卧室的小橱里发现了它。它还很新,是一把镀了一点锡的铁勺,用火也没烧过一两次。那里面还有些曾融化的残存的铅,全灰的,已硬化的杂质留在了勺底。不过,它们说明不了什么,乡村医生基本上都是匠人,他们能自己捣饬东西。路加可以有一打理由在铁勺上烧铅,例如他还喜欢出海钓鱼,很可能他在铸钓鱼绳的坠子,也许是厅堂大钟的钟摆,或是其他类似的东西。然而,我发现它时却有一种相当奇怪的感觉,因为它似乎太像我故事里描述的情节了,你明白吗?它让我感到很不快,我把它扔掉了,如今,它待在离思比特一英里远的海底,在它被潮水冲刷后将再被认出之前,我想它一定会很高兴自己已经面目全非了。

路加多年前一定在村庄里购得了此物,那个人现在还在卖那东西。我认为它是用来做饭的。不管怎么说,任何一个好奇的女主人都没有理由去找这么个东西,里面还有铅,或许她对那东西产生了兴趣,或许她要对仆人讲述我饭桌上提到的故事,而那个女孩嫁给了村里水管工的儿子,可能她记得所有的事情。

你是不是明白一些了?而现在路加·普拉特死了,一去不回了,就葬在他妻子的墓边,坟头上顶着一个诚实男人的墓碑,我其实并不想挑起任何伤害他记忆的东西,普拉特夫妇都死了,包括他们的儿子,路加的死也够麻烦的。

怎么回事呢？一天上午有人发现路加死在海滩边，这是一名验尸官的调查，他喉咙上有抓痕，但喉咙并没有被抓掉。报告说，他是"被某个不知名的动物或人的手或牙"杀死的。一半的陪审团成员都以为有一只大狗咬住了他的气管，虽然没有弄破他的喉咙。没有人确切知道他死去的时间，或者他曾到过的地方。他被发现的时候，正仰卧在一个高水位的标志上，一只属于他妻子的旧硬纸盒躺在他手下，盖子掉下来，开着。他好像要把盒子里的骷髅带回家——医生都热衷于收集这样的东西，那是个相当精致的骷髅，它滚了出来，靠在他头边，非常小，造型美丽白皙，而且牙齿整齐，当然，它的上颚非常好，但没有下颚，这是我第一次见到它的情景。

是的，我进来的时候就发现了它在那儿。你知道吗？它白得发亮，好像是摆在玻璃里的东西。人们不知道它来自何方，也不知道如何处置它，所以把它放回了硬纸盒，又把它放回了最好的那间卧室里的小橱架上。当然，在这套房子归我时，他们也把这个东西拿出来给我看了，我也被带到了海滩，带到了路加被发现的地方。老渔夫跟我说起，他躺着的姿势和身边的骷髅。他唯一不明白的是，骷髅沿着陡坡翻滚下来后去到的地方不是他的脚边而是脑边。当时，我对这件事并不疑惑，但之后却经常想起此事。因为那地方相当陡峭，你如果愿意，明天我会带你去看的，我在那放了一堆冢石类的东西。

当他倒下或者说被扔下之类的事情发生时，硬纸盒撞在了沙上碰坏了盖子，骷髅也就应该跟着滚下去。但事实并非如此，它紧靠在他的头边就像在抚摸他，而且脸还对着他。我可以说，当老渔夫对我说这些时，我并没有感到奇怪，但事后，我却忍不住在脑中一遍一遍地回想，直到我闭上眼睛，似乎看到了所有的画面。然后，我开始问自己，为什么那个讨厌的东西滚到了上面而不是下面，为什么它停在了路加的脑边，而不是其他的任何地方，比如一英尺远。

你肯定也想知道我得出的结论，是吗？其实，不论什么都无法解释那个骷髅的滚动。但在我的脑海里却出现了其他的东西，一段时间后，它让我极不舒服。

哦，我没在说什么超自然的东西！世上可能有鬼魂，也可能没有。如果要是有的话，我更倾向于相信，它们会伤害活着的人而不是吓着他们。就我而言，我宁肯面对各种样子的鬼魂，也不想在拥挤的海峡里遇见尘雾。不，我感到困惑的只是一个愚蠢的意念，而且我不能判断它是如何开始的，也不知道在成为事实前，它是如何一天天越来越强烈的。

一天晚上，我抽着烟看着一本无聊的书，突然想到了路加和他可怜的太太。我突然觉得，那个骷髅可能就是普拉特太太本人。从此之后，我再也没有放弃过这样的想法。你可能觉得，我这个想法太没道理了。

的确，现在正躺在墓地里的普拉特太太是以基督徒的身份下葬的，人们做了这样的安排，要设想她的丈夫把她的骷髅藏在自己卧室里，他太太的旧纸盒里，这简直是件匪夷所思的事情。然而尽管如此，从理智、常识，还有可能性的角度分析，我都相信他干了这事。医生们总会干各种让你我这样的人毛骨悚然的事情，而那些事看起来也确实不可能、不符合逻辑和没有道理的。

可是，难道你不明白吗？若它果真是那个女人的骷髅，唯一的解释就是，他杀了她，而且他的手法与那故事里的女人一模一样，他还害怕，或许有一天某个检查会暴露自己。你看，我说过的，我相信，在五六十年前，的确发生过这样的事。你知道，有人挖出了三具骷髅，每个骷髅里都有咯哒作响的一小块铅。就是那东西害死了那女人。我相信，路加也明白这一点。我不想知道他想到这一切时是如何做的，我并不想让自己的想象走到恐怖的方向上去，而且我想你也不会对它们感兴趣，是吗？不，如果你感兴趣，你可能会提供故事里缺乏的素材。

这一定相当残酷对吗？我希望，我没有如此清晰地看到整个故事，就像那事发生了一样。我相信，在她下葬前的那晚，他在棺材盖上后取下了这个头颅，而女佣已经睡去。我敢打赌，他在拿到那个头颅后，一定在殓布下面原来的位置放上了补充那个空白的东西。你觉得他会放什么呢？

如果你要我说下去，我也不会感到奇怪。首先，我要告诉你，我不想知道发生了什么事情，而且我讨厌想到恐怖的事，而我向你描述的整个事件让我觉得，我好像看到了那桩事情的发生。我相当确信，他放在那里的东西，就是她的针线包。我清楚地记得那个针线包，她经常在夜里用那个包。那是一个用褐色长毛绒做的针线包，里面塞满东西的时候就是你知道的大小。是的，我又好像在现场，你可能要笑话我了。你不是独自住在这儿，你也没有对路加讲过什么熔铅的故事。告诉你，我不是神经质，但有时，我觉得，我开始理解，为什么有人会变得神经质。我独处的时候，就会纠缠在这件事里面。我也老做梦，当那个声音朝我尖叫的时候，虽然到现在为止，我应该适应它了，但我对它的厌恶一点不比你少。

我不应该神经质才对。我曾经驾驶过一次鬼船。当时，桅杆上还有一个鬼。在我们起锚后的十天内，三分之二的船员死在西海岸，我却安然无恙。之后，我也见过一些凶险的事情，正如你和我们所有其他人所见。但是没有一件像现在这样，如此触动我。

我尝试把那个东西扔掉，但它显然不愿意那样。它想待在普拉特太太的硬纸盒中，原地不动，而硬纸盒就在那间最好的卧室里的一个小橱里，其他地方它都不乐意去。我是怎么知道的呢？因为我曾经这样试过。你不能想象我的尝试，对吗？在每年的这个时候，只要它在屋里，就不时地发出声音。可如果我把它从房间里请出去，它就整夜叫个不停，没有一个仆人能在这待满24小时，而且，事实上，我经常不得不独自一个人设法应付这两星期。现在,村里没有人会光顾我这儿，哪怕待上一晚。至于谈到卖掉或出租房子，那些都不太现实。一些老妇人说，我如果一直待在这屋子里，不久就会死于非命。

不过我却不怎么害怕。对那些把没道理的事当真的想法，你总是付之一笑。是的，我也同意你的想法，那完全是没道理的事情。难道我没告诉你？当你开始环顾四周，好像期待看到一个幽灵站在你椅子后面，而其实，你所能见到的东西只是一种噪音。

我对这个骷髅的理解可能是错误的，我喜欢思考我认为能想清楚的事。它可能只是路加多年前从什么地方买到的一件精美标本，当你摇晃它时，里边发出的响声可能也就是一个小石子、一点硬土，或是其他东西。骷髅在地底下待久了，一般都有些让它发出声响的东西，是吗？不，不管它是什么，我从没试过把它拿出来，我害怕它可能就是铅。如果它真是铅，我也不想知道事情的真相，因为我真不愿意相信它。如果它真是铅，我就像那个行为一样，在不经意间谋杀了她。任何人都会觉得我应该这样想。只要我没确切弄清此事，我还可以安心地说，那是件完全荒唐的无稽之谈。普拉特太太就是自然死亡，那个属于路加的美丽骷髅，当他在伦敦做学生时就有了。实际上，我不得不放弃在最好的带柜子的卧室里休息。你问我为什么不把它扔进池塘去？是的，但请不要把它称作"令人困惑的怪物"，它不能受到这样的诅咒。

天啊，那是怎样的一种尖叫！我跟你说过的，你现在满脸苍白，最好点上你的烟，把椅子拉到火边，再喝点什么。酒从不伤人。我曾在爪哇国见过一个荷兰人，一个上午喝了半坛酒而毫发未损。我平时倒不怎么喝酒，因为它对我的风湿不好。你没有风湿，它不会伤害你，而且，今夜外面很湿。风又在怒号了，很快又要刮西南风了。你听到窗户的响声吗？今天上午潮汐又涌上来了。

要是你不提起此事，我们不应该再听到它了。我非常确信，我们不应该这样。哦，对了，如果你倾向于把它描绘成一个偶然事件，你可以这么做，但我认为你不应该再次诅咒它，如果你不介意。那个可怜的小妇人可能会听到的，也许那样会伤害她，你不知道吗？幽灵？不！你不能把任何你能握在手中，以及可以在光线下看得清楚的东西称为幽灵，那个东西摇起来有种声响，对吗？但是，毫无疑问，它是个能听见并且懂事的东西。

我第一次来这个屋子时，曾经睡在最好的那间卧室，因为它最好，也最舒服，但后来，我不得不搬了出来，因为那是他们的房间，她死在上面的大床，小橱子深陷在墙里，靠近那个头，床在左边。小橱子是它喜欢被放的位置，它被放在硬纸盒里。我进来后，只在那个屋子里住了两个星期，然后就搬出来住在楼下的小屋子里，靠近诊疗室，路加过去常常睡在这里，以防夜里被人叫起去看病。

我在岸上的时候，睡眠一直很好，一般都是从晚上11点到早上7点，睡八个小时，有朋友来的时候，则是从晚上12点睡到早上8点。然而，进入那间屋子后，我一过3点钟便无法入睡，事实上，我是一刻一刻地用我的老计时器数着时间的，那个老计时器现在仍然走得很准，可是一到3点17分便停住了，我猜想，那就是她死去的时辰？

这不是你在小橱里听到的声音，如果是的话，我不可能只忍受了它两夜。起初，它有个开始，接着便是一阵呻吟，再是持续几秒钟的沉重呼吸。我相信，那种呼吸在一般情况下是惊醒不了我的，在那一点上，我觉得你和我一样。而我们与其他任何出海的人都一样，声音根本不会打搅我们，即便那是狂风大作时架起索具的嘈杂，或是面对大风濒临翻船的旋转，我们都不会受到干扰。但是，如果一支铅笔在你醒着时在舱桌抽屉里发出转动的声音，就像现在这样，你会明白的。的确，小橱柜里的噪音并不比那个大，但它却立即吵醒了我。

我说它有个"开始"，其实，我只是心里明白，却说不太清楚。事实上，没有人能够"精确"地听到一个人的"开始"，他至多只能听到分开的嘴唇和紧闭的牙齿间吸气的急促，再接着，便是几乎听不到声音的衣服在慢慢移动，就是那样。

你知道，船只临出海前的两三秒钟所能带给掌舵者的感觉。掌舵者们说，那就像奔腾的马一样，这样说一点也不奇怪。因为，马是一种有着自己情感的动物，只有诗人与陆上工作的人才会在谈起船只时，把它说成似乎是活的或诸如此类的东西。我总觉得，海里的船，除了载重的蒸汽机或航行机器外，它还是个敏感的工具，一种自然与人类之间交流的手段，特别是对于直接用手撑舵的人而言，船只把对风和海、潮汐与急流的印象直接传递给了掌舵者，就像无线电报接收空中断断续续的电流后又用信息的形式把它转化出来。

你看，我又扯到哪去了。我觉得，小橱柜里有东西在萌动，虽然小橱柜里可能什么声音也没有，我却真切地感到，自己听到了那声音，而且我脑中的这个声音会骤然把我惊醒，我的确听到了不一样的声音，就像压在那个盒子里，但几乎只有一个长途电话那么远的距离。尽管我知道它是在我床头的小橱里，但那个时候，我的头发没有竖起，血也没有变冷，我只憎恶有一些没必要发出的声音吵醒了我，哪怕只是甲板船的船舱桌柜里摇摇晃晃的铅笔。因为我不明白，我只是猜测，这个小橱柜与外面的世界一定有着某种联系，而且风掺和进来，带着微弱的尖叫声。它在橱里呻吟着，我点亮一盏灯看了看表，又是3点过17分。然后，我转过身，压着右耳躺下，那样真好。我在孩提时，左耳就因为呛水而半聋了。那是我从一艘船帆的桅杆一跃入水的结果，尽管那个行为不怎么聪明，可我却因此可以在有噪音的时候方便入眠。

那是第一个夜晚，接着又发生了同样的事情，再后来又持续了几次，虽然它们不是很有规律，但每一次总在同一个时辰。也许有时我睡在好的那只耳朵上，有时候又不是。我翻修了那只小橱柜，风和其他的东西都没办法进来了，因为门做得非常合适，我想，连虫子也飞不进来了，普拉特太太一定放了些冬天用的东西在里面，因为橱子至今还留着樟脑和松节油的味道。

两星期过去了，我受够了那噪音。我对自己说，再向那声音屈服就太傻了。我把骷髅拿出了房间，东西在白天总有些不一样的地方。然而，那声音变得越来越大——我想，人们可能会把它称作一种声音，居然有一晚它传进了我聋拉的耳朵里，我发现自己完全醒来，好耳朵是压在枕头上——在那种情况下，我就连雾笛也听不到，然而我却听到了它。它激起了我的脾气，而不是吓着了我，虽然有时生气和害怕相隔并不遥远。我点亮灯，下了床，打开小橱柜，抓起硬纸盒，把它从窗户扔了出去，竭尽全力地扔到远处。接着，我的头发竖了起来，那个东西在外面开始尖叫，像是从12寸口径的手枪里射出的贝壳，飞到了路的另一边。那夜很暗，我无法看清它的下落，但我知道它飞过了路边。我的窗户开在前门，离篱笆大约有15码的距离，而路是10

码宽，路的另一边则是围着厚厚树篱的一个牧师的家。

那夜，我睡得并不比平时多，也就在我听到了尖叫声，并扔掉了那个硬纸盒不到半小时后，和昨晚一样，更糟，或者说，令人更沮丧的事发生了。这或许是我的想象，但我可以说，我听到了越来越近的尖叫声。我点起雪茄，来回踱了几步，然后取出一本书坐下来看，但我敢说，我根本不知道自己看了些什么，连书名都不清楚，因为每一阵传来的尖叫声都足以让一个死人从棺材里爬起来。

拂晓前，有人敲了前门——不会是别的声音，我推开窗向下望了望。因为我猜测，可能有人来求医，以为新来的医生搬到了路加的房子里。听过那阵可怕的声音，再能听到活人的敲门声真是种解脱。从我住的房间到前门隔着走廊，所以我无法从上面一眼见到那扇门。接着敲门声又响起。我大声回应着，可没人作答。敲门声又再次响起，我也只好再次高声告诉他医生已不住此地，又是沉默。这使我想起，这人大概是某位耳朵非常背的乡下人。于是，我拿着蜡烛走下去。说话间，我已经忘记了那声音，也几乎不记得其他声音了。我下去时，确信，开门后一定会遇到外面的什么人在门前的楼梯口等着捎什么信。我把蜡烛放在门厅的桌上，这样，即使开门，风也不会吹熄它。就在我抽动那个老式的门扣时，我又一次听到了敲门声，声音不高，是一种奇怪的、空空的声音。我记得，那时我的感觉就是自己接近对方了，而且相当确信，对方一定是某个想进来的人。

可是，那里什么人也没有。我从里面打开门时，站在一边想看清外面，这时，有个东西滚过了门槛，停在我脚边。

我感觉到时，本能地往回退了退，因为不用低头，我就知道它是什么了。我无法告诉你，我是如何有了这种感觉，而且这似乎毫无道理，因为我至今仍相信，我把它扔到了路那边，那边上有着一扇开着的大落地窗，我把它扔出去时，弧度还划得非常清晰。而且，我清晨出去时，确实发现纸盒就挂在树篱后面。

你可能以为我扔它时，盒子是开着的，骷髅掉了出来，但那是不可能的，没人可以将一个空盒子扔那么远，那完全不可能。你可以去试试，将一个纸球扔25码的距离，或者是扔一只雌鸟的蛋。

接着，我关上门，给前厅上好栓，小心地拾起那个东西，放在靠近蜡烛的桌上，我做这些动作时，完全是机械的，就像一个人面对危险时不假思索就会本能地采取正确的行为，而不是干些错事。当然，我那样做，看上去很荒唐，但我相信，我当时的第一想法就是：或许有人会来，发现我就站在门槛边，因为它躺在我脚边，侧卧着，一只空空的眼睛盯着我的脸，似乎要控告我。现在，放在桌边的它，空空的眼睛里跳跃着烛光和影子，使得这一切几乎在对着我大叫，接着，蜡烛竟出其不意地熄灭了，门紧闭着，一丝微风也没有，我花了近半打火柴才再次点燃它。

一团狐疑的我"扑通"一声坐了下来,也许我早已吓得魂飞魄散了,也许你会同意,再没有比受惊吓更丢人的事了。那东西又回家了,它偏要上楼,回到小橱柜里去。我静静地坐着,盯着它看了一会儿,直到全身冰凉。接着,我把它带上了楼,放回了原来的地方。还有,我还跟它说了会儿话,许诺天明就去替它找回硬纸盒。

你是不是想知道,我是否在那屋里挨到了天亮?是的。但我一直亮着灯,坐在那里抽着烟读着书,看上去很像摆脱了恐惧,其实,那是真真切切的、不能否认的恐惧。你也不必称它是懦弱,因为那不是一回事。我无法与那个存在于橱柜里的东西共处,我会吓死,虽然我胆子并不小。这太让人困惑了!它竟独自穿过了小路,爬上了台阶,敲开了门,要求进屋。

黎明时分,我穿上鞋子,出去找那盒子。我一通好找,在靠近大路的一个门边,我发现了那只挂在篱笆上、开着的盒子,盒子的线挂在树枝上,盖子落在地上,这说明,它是到了那里才打开的。如果盒子是离开我手时就是开着的话,里面的东西一定会掉在路上。

一切就是这样。我把盒子拿上楼,放进橱子里,骷髅也放了回去,可盒子刚刚锁好,女佣就给我送来了早餐,她对我说,很抱歉她要走人,而且她不介意这个月的薪水被扣。我瞧着她,注意到她的脸有些绿黄,又有些苍白。我装作很吃惊的样子问她究竟发生了什么事情，但那样问无济于事。她反而问我，是否愿意待在这鬼屋里，还准备待多久。尽管她发现我的听觉有点吃力，但她不相信我能在这样的尖叫声中安稳睡觉，要是我能的话——为什么我会在房里走来走去，在凌晨三四点钟的时候打开和关上前面的门。她也听得很清楚，门外根本无人应答。

就这样，她离开了，只剩下我一人。上午，我又到村里找到了一个帮佣，她的条件是每晚必须回家，然后才愿意来替我做饭和料理家务，而从那天起，我便搬到了楼下，从此没再试过睡在那间最好的卧房里。一段时间后，我从伦敦请来了两位中年的苏格兰女佣，她们来了以后，有一阵子一切都很好，我起初跟她们说房子的位置比较暴露，秋冬的时候风很大，所以村里人说不太好。康尼尔郡的人相信迷信，而且喜欢讲关于鬼怪的故事，那对表情严肃、头发灰白的姐妹们听完后却几乎笑了起来。她们带着极其轻蔑的口吻说，她们根本不理会南方鬼怪的事情，两人在一间英格兰的鬼屋里干了近两年，从未见过什么真正恐怖的东西。

她们和我在一起待了两个月。她们在的时候，房子里就太平安静。现在，其中一个还在我这儿做着，可另一个待了一年就走了。现在留下的这位是个厨子，她嫁给了在我园子里干活的教堂司仪，这就是她留下来的原因。村子很小，司仪可干的活不多，再加上他除了能干大多数的重活,还很懂怎样种花。我喜欢运动,但我的关节已经有点硬了,所以对我来说,他是个很好的帮手。他叫特雷希阿恩——詹姆斯·特雷希阿恩,一个严肃、安静的家伙,对自己的事很上心,我刚来的时候,他是个鳏夫。那对苏格兰姐妹不认为房子里有什么不对劲的地方,但11月到来的时候,她们却说要走,因为教堂距离这里实在太远了,而且还在另一个教区,她们没法走到教堂去。春天到来的时候,年轻一点的那个回来了,直到她将嫁给詹姆斯·特雷希阿恩的结婚预告公布出来后,她似乎对远距离听他布道再无怨言,她满意,我也相当满意,这对夫妇现在就住在可以望见教堂墓地的小农舍里。

我想,你可能会觉得奇怪,这些事情与我们谈论的事情有什么联系。我现在如此孤寂,所以一有朋友过来看我,我有时就这么唠唠叨叨,其实只是为了听听自己的声音。但在这件事上,的确有一些联系,詹姆斯·特雷希阿恩安葬了普拉特太太,以及步她后尘的普拉特先生,而且墓地离他的家并不远,这正是我心里感到的联系。你看,这样就明白了,他应该知道些事情,我非常确信,因为他是个沉默的家伙。

好了,夜里我又独自一人了,特雷希阿恩太太有她自己的事。当我有朋友来时,司仪的侄女就会进来候在桌边。冬天的时候,特雷希阿恩每晚都要接妻子回去,但夏天有光时,她就一个人回去了。她不是个神经质的女人,但她不像过去那样,以为英格兰难道有值得让苏格兰妇女害怕的鬼怪,这是不是有些滑稽?苏格兰人难道有可以控制超自然的力量?我认为那是种奇异的国民自豪感,你呢?

火很旺,是吗?我觉得浮木一旦点着,就没有东西能与它比。是的,我们弄了很多,很遗憾,这周围还有很多船的残骸,因为我们住的海岸是个孤岸,你如果想要木材,费些力你就能得到所有。我与特雷希阿恩隔三差五去借辆手推车,从斯比特把它们运回来,有木头的时候,我就讨厌点煤火,木柴是个伴侣,特别是当它是从船梁上被锯下的一块木头,里面的盐会让它点着时火花四溅,看着飞舞的火花,就像欣赏日本人的手工爆竹。按我说,要是有个老友,点一堆旺火,再点上一支烟,我就会忘掉楼上的一切,特别是现在,风已和缓,虽然只是暂歇,天明前,又会起风。

你觉得,你想见那骷髅吗?我不反对。你没理由不看它一眼,你可能一生都不会看到如此完美的骷髅,除了下巴掉了两颗门牙。

哦,对了,我还没提起那下巴呢,特雷希阿恩在暮春的花园里发现了它,那时他正在挖一个种芦笋的花坑,你知道,我们的芦笋花坑都是六到八尺深的。是的,我忘了告诉你,他径直朝下挖空,就像是挖坟墓那样。要是你想把芦笋种好,我建议你请位祭司帮忙,那些家伙在这种事上技艺精湛。

挖到三英尺时,特雷希阿恩就在壕沟的一边见到了一堆白石灰,尽管这片地他已好多年没动过了，他却发现这附近的土要比边上的松一些，我猜想，他可能以为白石灰对种芦笋不好，所以他就挖了出来，准备把它们扔掉。他说，取出这一大堆东西非常吃力，出于安全习惯，他用铲子捣碎了那从土坑中取出且就放在他身边的土块，而骷髅的下巴就在那一刻从里面掉了出来，他以为自己在捣碎石灰石时弄坏了两颗门牙，可实际上，他根本找不到那门牙。在这种事情上，他是个很有经验的人，你可以想象，他立即说那下巴可能就是某位年轻女子的，她死时牙齿一定很完整，他把那东西给我看，问我是否要保存它。要是我不保存的话，他就要把它放进他挖的另一座坟墓，因为，他觉得，这下巴一定是个基督徒的，而且基督徒得有个完葬，不管其他的肢体在哪里。我对他说，医生们都喜欢把骨头放进石灰里漂白，以美化它们，我推测普拉特医生也出自那目的才在花园里弄了这么个小石灰坑的，还把下巴忘这儿了。我说完，发现特雷希阿恩平静地看着我。

"也许它正配得上楼上橱柜里的那个骷髅，先生。"他说，"也许普拉特医生把骷髅放进石灰里是要清洗它或者其他什么东西，可他取出时忘了下巴，先生，石灰里还有些人的头发。"

我看到了头发，的确如特雷希阿恩所言，要是他没怀疑过什么，怎么会在大千世界的万物里提到下巴适合那个骷髅呢？而且这也正是事实，它证明了他所知道的东西多于他小心翼翼所说的一切，你觉得他在普拉特太太下葬前看到了她吗？或者他在同一座墓里埋葬路加时看见了真相？

好啦，好啦，再说那些也没有用了。我告诉他，我要把那下巴与骷髅配起来，我上楼把下巴放回了原位，没有丝毫的疑问，两个东西天衣无缝，完全吻合了。

特雷希阿恩知道好几件事。不久前，我们一块谈过粉刷厨房的事，他碰巧记得，普拉特太太死的那一周什么也没做，他没说石匠工可能留了点石灰在厨房里，但他想到了这事，而且发现他在芦笋坑里见到的石灰和那次的石灰一模一样。他知道的太多了，特雷希阿恩是一个沉默得能把两件事拼在一起的家伙，而那坟墓就离他家后院不远，他也是我们见过的使铲子最快的人，如果他真想知道真相，他能的，没人会比选择诉说的人更聪明了。在我们这样一个安静的村庄，人们都不会在晚上十点到天亮的这阵子去墓地，看是否有个祭司独自在磨洋工。

让人想起来就恶心的是，路加的精心设计，如果他真这么做了，他那冰冷得让人无法察觉的镇定，还有他的神经，一定是超乎寻常的。我有时以为，要是确有其事，住在发生过这种事情的地方真是糟糕透了。你看，我总是将自己置于这样的情况下，既是因为他，也是由于我自己的记忆。

我要上楼去取那盒子，让我点支烟，别忙！我早就吃完了晚饭，现在是 9 点半，我从不让朋友们在 12 点之前上床，或喝了不到三杯。你还可以喝更多，但你不能少喝，因为是老习惯。

你听到了吗？又起风了？现在风只停了一阵，我们今晚又将不得安宁了。

当我发现下巴与骷髅完全吻合后，发生了一件事，又让我一阵惊愕。我本人不是个容易被那种方式惊吓到的人，我好像看到有人在快速地移动着，并大口地喘着气，那感觉就像，某个自以为独居的人，突然在转身的瞬间，发现其实有人非常接近他。没有人能解释那种恐惧是吗？不好了，当我看到下巴归位于骷髅时，我感到它的牙齿紧紧地咬在我手指上，我真切地感到它咬得很紧，我承认，在我用另一只手把下巴与骷髅拼起来后，自己跳了起来，我向你保证，我根本不是神经质。天还很亮，天气也很好，太阳照射在最好的那间卧房里。我如果是神经质的话，有些太荒唐了，它是种快速的错误感应，但它让我吃惊，我产生了某种荒诞的想法，验尸官曾判断路加死于"某个不知名的人或动物的手或牙"。自此，我多么希望自己看到过喉咙上的那个牙痕，虽然当时它的下巴已丢了。

我经常看到男人做些疯狂的事，而他自己却没有感觉。我曾见过一个男人，用一只手抓着旧遮篷的管子，身体向后倾斜着，挂在船尾，他全身重量都压在这只手上，而另一只手却在用小刀来割管子，当时我紧紧地抱住了他。那时，我们的船正行进在大海中途，船速20码，他丝毫没意识到自己的行为，我在捏紧拳头，全力以赴救他的时候也没想到自己到底要干什么，而这次我却能预感到自己的命运了。它是活的，而且试图要咬我。其实，它如果真想这么做的话，它一定能得手的，因为我知道它恨我，可怜的家伙！你认为那个在里面作响的东西真是一点铅吗？好了，我马上要把盒子拿下来，如果那东西碰巧落到你手上，那是你的事，如果它只不过是一小块土或石子，那么这整件事就不是我所想的那样，我也不会再想那个骷髅了。可是，我却不能让自己摇出一些硬东西来，一想到那可能是铅的念头，就让我极为困惑，觉得难受，然而我却认定，不久后我会知道真相。我一定会知道，我相信特雷希阿恩知道，但他是个沉默的家伙。我现在要上楼去取它。什么？你要和我一起去？哈！哈！你以为我怕那硬纸盒和那噪音？岂有此理！

  点亮蜡烛，哦,它不会亮的！荒唐的东西好像也明白它想做的事情，看看那——第三根火柴，它们着得太快了，我点着了烟，就在那，你看到了吗？那是只崭新的盒子，为了防潮我把它放在了镶锡的保险柜里。好了，我要在火里加点厉害的东西，所以无论怎样它都不会熄灭的。是的，它噼里啪啦地响了一阵，但它是亮着的，它烧得和其他蜡烛一样，是吗？事实上我这里的蜡烛有些不是太好，我不知道它们是从哪里买来的，它们总在某些时候烧得很暗，有阵绿烟，还会分开微弱的火花，我经常对它们的熄灭恼火不已,然而情况却没有改变。我们村要用上电，还有好长一段时间，它确实是烛光暗淡，是吗？

你觉得，我应该把蜡烛留给你，自己去点煤灯，是吗？事实上我不喜欢拿着煤灯到处走，我一生中从没摔落过一盏灯，但我总觉得有一天，我会这么做的，要是你这么做了，这将是非常让人不解的危险。另外，我现在已经非常习惯用这些糟糕的蜡烛。

你可能已经喝完了那杯酒，我不会让你没喝完三杯就睡觉的，你也用不着上楼，因为我把你安排在主诊室旁的老书房里，那是我住过的地方。其实，我已不让任何朋友住楼上了，最后一个住的人是克拉克·思索皮。他说，他整夜都未合眼。你还记得老克拉克吗？他还在为海军服务，现在已经是上将了。好了，现在我要离开了——除非蜡烛熄灭，我忍不住想问你，是否记得克拉克·思索皮？要是有人告诉我们，那个曾经瘦瘦的小白痴，居然成了我们之中最成功的人士，我们一定会对此一笑而过，是吗？你和我也干得不错，但我现在真的要走了，我不想让你觉得，我故意唠叨，在推迟离开，好像这世上真有值得害怕的事情？要是我害怕，我就会坦白地对你说，让你和我一块儿上楼。

这就是那只盒子，我非常小心地把它拿下来，为的是不打扰那个可怜的东西。你看，要是它被摇动了，下巴会跟骷髅分离的，我相信这样的事不会发生。是的，我下楼时蜡烛熄灭了，但那是下楼时从漏风的窗里跑进来的穿堂风所为，你听到什么了吗？是的，又有一声尖叫了。你是说我脸色苍白吗？没什么，我心里有时有些怪，我上楼也太快了。其实，那才是我真正想住在底楼的原因。

不论那尖叫来自何方，它不会是从骷髅里发出的，因为听到那声音时，我手中正拿着那盒子，现在它也在这儿，所以我们可以非常确定，那声尖叫是其他东西所为。毫无疑问，有一天我会查出它到底是什么东西，墙上的某道缝隙、烟囱里的裂缝，或者是窗户柜的小裂口——这也是现实生活中所有鬼怪故事的结局。你知不知道，我很高兴，能想到上楼去把它拿下来给你瞧瞧，因为，那最后的尖叫声解释了整件事情。我竟脆弱得想象不到，那个可怜的骷髅会尖叫得像个活人一样！

现在，我要打开那盒子了。我们要在明亮的月光里把它拿出来看看，想到那位可怜的女士过去就坐在这儿，就是你现在坐的椅子上，一夜接着一夜地对着同样的月光，但现在，我已认定，它们从头至尾都是垃圾，而且它就是路加做学生时收集的旧骷髅，他把它放进石灰里只是要漂白它，结果下巴找不着了。

你看，我在绳子上贴了个封蜡，然后再把下巴放回了它应该去的地方，在上面写上字，上面还有一个旧的白标签，那是某个女帽店寄给普拉特太太所买帽子的标志，因为边上还有空间，我写道"一个骷髅，已故普拉特医生的所有物"，其实我并不确定当时为什么那样写。

有时，我忍不住好奇，硬纸盒曾装有哪一种类型的帽子？会是什么颜色？你觉得呢？它是不是春天里那种带着卷轴羽毛和漂亮丝带的帽子？奇怪的是，同一个盒子里竟会装着曾戴过这些美丽饰物的头颅。

不，我已认定，它是路加从伦敦医院里带来的，最好在那个光线下看比较好对吗？普拉特太太与那个骷髅没有任何联系，正如我故事中的铅与……

上帝啊！拿那盏灯来，别让它灭了，要是你能这么做——我会立即把窗户关紧，我说过，风多大啊！灯又灭了，我跟你说过！别介意，那儿有火光——我已经把窗户关好了——栓子也半关了，盒子吹到桌子下面了吗？到底在搞什么名堂？那儿，它不会再开了，我已安好了栓，感谢上帝，老式的栓，没什么东西跟它一样，现在我点着了灯，你找到硬纸盒了，多讨厌的火柴啊！是的，用张点烟的纸稔更好——它必定会点着火的，你没想到过——谢谢——我们又来了，现在，盒子在哪儿呢？好，放回桌子上，我们要打开它。

我第一次知道风会吹开窗子，但当我最后一次关上它时，我发现那是我的粗心。是的，我当然听到了尖叫声，就在它从窗里进来之前，它好像已走遍了整间屋子，这说明，它只是风而不是其他的东西对吗？虽然过去我不知道自己是个非常爱幻想的男人，可我一定是个那样的人，毕竟我们越长大才越了解自己，对吗？

你已经斟满了酒杯，我也要破例喝一滴酒。那阵潮湿的风让我不寒而栗，因为关节炎，我非常害怕冷风，它只要一进到我的身体，整个冬天我的关节都刺痛不已。

上帝啊！那东西真好！我刚刚点上一根烟，一切又舒坦起来，现在我们要打开那盒子了。我很高兴，我们共同听到了它的一声尖叫。现在，骷髅就在你我之间，世上不可能会有一件东西同时出现在两个地方，而且噪音一定是从外面传来的，就像任何风发出的声音那样。你觉得，你听到的尖叫是在窗子被吹开之后吗？哦，对了，我也这么认为，但任何东西被打开后都会如此的，当然我们听到了风声，我们还会期待什么呢？

请看这儿，我想让你明白，在我们开盒之前，封蜡是原封不动的，你要喝我的酒吗？不，你有自己的。好了，你看，封蜡是好的，你还会很容易地读到纸签上的诗句"甜蜜而且低沉"，那首诗是《西海的风》，里面有"再次吹向我"和其他的诗句，它是我表链上的封蜡，已经挂了40年了，那是我向我可爱的妻子求婚时，她送给我的东西，我没戴过其他的东西，像她那样的人总会想起那些话——她总是喜欢丁尼森。

因为带子是系在盒子上的，割断它也没用，所以，我要弄掉那个蜡，解开那个结，然后再封好它。你看，我喜欢让东西放在原地才安全，没有人能把它取出来，即使特雷希阿恩也不会去动它，但我总觉得，他知道的比他说的多。

你看，我没弄破绳子就做到了，虽然我系紧的时候就没准备再打开，盖子很容易就掉了下来，好了，现在可以看了。

怎么，什么也没有，它丢了，天啊！骷髅丢了？

不，这事与我毫无关系。我只能试着整理着自己的思路。这太奇怪了，我相当确信，去年春天我贴上封蜡时它是待在里面的，我无法想象这样的事会发生，这是完全不可能的；有时我若与朋友喝烈酒，我承认，那时可能自己会在喝多了后犯些愚蠢的错误，但我从来没这么做过，从不。我身体很好的时候，晚餐最多一品脱啤酒，睡觉时再来半杯朗姆酒，这是我的极限。我想只有我们这样不会醉的人才会得关节炎和痛风！然而我的封蜡还在，纸盒子却是空的，就是这样。

如果说我一点也不喜欢这样，那并不完全对。照我看来，总有什么地方出了问题，你不需要对我讲什么超自然显灵之类的事情，因为我不相信，一点也不！一定有人动过了封蜡，偷走了骷髅。夏天，我偶尔去园子里干活时，表和链子也都放在桌上，特雷希阿恩一定在那时偷了封蜡，因为他能确认我至少要一个小时之后才会回来。

如果不是特雷希阿恩，别对我说，可能那东西是自己跑掉了，要是它这么做的话，它一定待在这房里的什么地方，或在某些偏僻的角落等着我们！我们会在哪个地方遇见它？你是不是也觉得它在黑暗中等着我们，然后再朝我尖叫。它一定会在黑夜里朝我尖叫，因为它恨我，我告诉你！

硬盒子是空的，我们没在做梦，我们谁也没有，我把它翻了个底朝天。这是什么？在我翻过它时有件东西掉了下来，就在地板上，就在你脚边，我知道它就是，我们必须找到它，帮我找到它，你拿到了吗？看在上帝的分上，请给我，快点！

是铅！当我听到它落地时，我明白了！我知道，在地毯上撞出那个沉闷之声的东西除了铅之外，不可能会是其他东西，它就是铅，路加的确干了那事。

我感到有些颤抖，不是紧张，你知道，而是非常糟糕的颤抖，那是实情，我想任何人都会如此，毕竟你不能说这是因为害怕。至少，我上楼去把它拿下来，我相信，自己拿下来的是同一样东西，而不是这些愚蠢的无稽之谈。上帝啊！我要把那盒子放回楼上的原位。很明白了，那个可怜的小妇人就是这样结束了她的生命，因为我的失误，因为我讲述了那个故事，这才是真正可怕的地方。无论如何，我总希望自己不要确认这一点，但现在毫无疑问了，看看这东西吧！

看看它，那一小块铅没有半点特殊的形状，想想它所做过的一切，它不会使你发抖吗？路加给他妻子吃了些入睡的东西，当然，一定有一阵可怕的阵痛，试想灼热的铅灌进了你的大脑，想一想，她在能尖叫前就已经死了，哦，只要想到，又来了！就在门外——我知道它就在门外，哦！哦！我没法让它从我的脑海中消失。

你以为我晕厥了吗？不，我希望如此，因为这样很快就会没事的。可以这么说，它只是一种噪声，而且是一种不伤害任何人的噪声。你现在苍白得如同裹尸布一样，今晚我们若想合眼，只有一件事可干了，我们必须找到它，把它放回硬纸盒中，再关在小橱柜里，它喜欢待在这个我不知道它如何进出的地方，大概这也是今晚它叫得如此可怕的原因吧！它从没像今晚这样凄厉，从来没有，在我首次……

埋葬它？是的，要是找到了，我们要埋了它，就算要花整晚，我会把它埋到六英尺深，再用土夯平，这样它就再也出不来了。要是它再叫，在这么深的地方我们也听不到声音。快点！拿灯来，我们要去找它，它肯定走得不远，我相信它就在外面——我关窗的时候它进来了，我知道的。

好了，你是对的，我已丧失理智了，我要控制住自己，别再跟我说话，我要静静地坐着，闭上眼睛，重复一些我知道的事情，那样会好一些。

把高度、纬度和极地的距离加起来，除以二再从这个数中减去高度，再加上纬度正切，极地距离余切和距离半数正弦减去高度的对数……怎么样，别说我神志不清，我记忆力很好，不是吗？

当然，你可能会觉得那些机械，我们从不会忘记我们孩提时学过而一辈子都在用的机械东西，但问题正在这儿：当一个人变得疯狂时，正是他头脑中机械的部分失去了控制而且无法正常运转。他记得的事情是从未发生过的，他所见的事物也不是真实的，在万籁寂静的时候他甚至听到的是噪声，我们两人都没这些问题，不是吗？

来，让我们提着灯寻遍整幢房子，现在没下雨，只是风吹得像老鞋子发出的声音一样——我们过去常常这么说，提灯就在大厅梯子下的小橱里。

再找那东西也没用？我不明白你为什么这么说，其实说埋了它才是没用的事，因为它并不想被埋掉，它要回到自己的硬纸盒里，要回到楼上去，可怜的东西！我知道是特雷希阿恩取走的，然后他又贴上了封蜡。也许他把它带到了墓地，也许他本意是好的，我敢说他可能觉得如果让它静静地躺在神圣的地方，它就不会再尖叫了——靠近它本来的地方，但是它却回家了。是的，是这样的，我想特雷希阿恩是一个一点也不坏的家伙，他的信仰相当虔诚，那个声音难道听起来不合理、不自然、没有意义吗？他以为它的尖叫是因为自己没有像其他人一样被体面地安葬，可是他错了，他怎么知道它尖叫的对象正是我，因为它恨我,因为就是我的错才有了那一小块铅在里面?

再怎么找也没用,不会的!我说过,它希望被找到。听!那个敲门声是什么?你听到了吗?笃——笃——笃,连续三下,又是停顿,又来了,这里面的声音很空,对吗?

它回家了,我过去听过这敲门声。它想进来,上楼回到盒子里去,它就在前门。

你跟我去吗?我们一起把它拿进来。是的,我承认,我不想独自一人开门,那个东西会滚进来,停在我的脚边,就像从前那次一样,灯会熄灭的。发现那点铅,让我震撼极了,另外,我的心脏也不太好。

可能烟草太重了,还有,我相当愿意承认,今晚我有些神经质,这是我一生中从未有过的。

好了,一块儿来,我要自己拿着盒子,为了它不再回来,你听到敲门声了吗?它不是我过去听过的敲门声,如果你让这扇门开着,不需要把灯带到大厅,我就能从这间屋子找到梯子下的提灯,它会灭的。

那东西知道我们来了——听!它想进来了,很不耐烦,不管你想做什么,等灯点好了再关门。我想,火柴会和平常一样出毛病的。不,第一根,上帝啊!我说过,它想进来。好了,现在没问题了。门也好了,请关上。来,过来抓住提灯,外面风吹得这么大,我得用两只手来提它才好。对,把灯放低点,你已经听到敲门声了吗?来,我要用脚抵住门，让门开着——马上！

看到了！只有风吹过地板，外面飓风正吹着。我说过的，你看到了吗？硬纸盒就在桌上，一分钟后，我要把门拴上，对！

你为什么这么粗鲁地扔那盒子？你知道，它不想那样。你在说什么？咬了你的手？不可能。别用一只手压着下巴，捏着你自己，让我看看。你不想说，你已经被挤出血来了，你一定被挤得很重，因为皮肤已经破了，你上床前，我会给你拿来些碳水溶液。

人们说，骷髅牙齿的刮痕是非常麻烦的。

再过来一下吧！让我借灯光再看看它，我会把硬纸盒带来，别介意那提灯，它在大厅里燃烧，只是为我上楼所需。好了，你愿意的话，请关上门。这样，心情会好些，房间也会更亮点，你的手指还在流血吗？我马上会给你碳水溶液，现在，让我看看这东西。

哦！它的下巴上有一滴血，在上犬的牙齿那里，可怕啊，是吗？我看见它在大厅的地板上跑动时，双手无力，膝盖酸软。于是，我明白，那是大风把它驱赶到了这些平坦的木板上。你不怪我吧？不，我想你不会！我们两小无猜，也都见过世面，此时，我们也许要相互承认，当这个东西从地板滑向你时，我们都无比惊恐。所以，你捡起它时，被它咬了手指也就不足为奇了。以后，要是我出于神经质，也干了相同的事情，光天化日下被它咬了也不足为奇吧？

奇怪的是，下巴与它如此吻合，我猜想，可能是潮湿，因为它合拢得就好像老虎钳一般。我擦掉了血渍，这样看上去更好。我不想打开下巴，别害怕，我不想与那个可怜的东西玩任何花样，只想再次封好那只盒子。我们要带它上楼，放到它想去的地方，蜡烛就在窗边的写字台上。感谢你，我可以事先告诉你，要过很久，我才会让特雷希阿恩来用这个封蜡。解释？我不会解释自然现象，但如果你以为特雷希阿恩把它藏在了灌木丛里的某个地方，而大风又把它从门边吹进了房子里，让它敲门，好像要进来似的。你并没有想入非非，我同意你我的想法。

你明白那点了吗？你可以发誓，其实你已经看到了我给它贴上封蜡了，以防任何类似的事情再次发生，封蜡把绳子绑到盖子上，这样盒子是没法再开了，甚至连一根手指也不能进去了。你很满意了，对吗？是的，还有，我会关上橱门，从此，把钥匙放在我口袋里。

现在，我要拿着提灯上楼了，你知道吗？我完全同意你所说的，是风把它吹回了房子里。我要朝前走，因为，我知道楼梯在哪儿。我们上去的时候，抓紧提灯，风儿呼啸，嚎叫得多厉害呀！我们走过大厅时，你感觉到了脚下地板上的沙子吗？

是的，这是最好的那间卧房的门。请点亮灯，就是这里的床头，当我拿到盒子时，我把小橱柜打开，这是不是有点奇怪？一股女人衣服发出的淡淡味道,会在一间老柜子里经久不散?这就是架子,你已经看到了,我把盒子放在那里了。现在,你看到我转动钥匙,把它放进我的口袋了。好的——就这样了。

晚安!你觉得自己舒服吗?它称不上是间房子,但我敢说,你今晚很快会像住在楼上那样睡在这儿。如果你缺什么东西,大声说出来,我们之间只有……这里没有一丝风,要是你还想在睡前再喝点酒,桌上有荷兰制的杜松子酒。好了,请你自便吧。再次祝你晚安!如果可以,请别再想那件事了。

下面的段落摘自1906年11月的彭拉登新闻:

### 退休海军船长的神秘死亡

最近,特德康姆贝村庄因一位名叫查尔斯·布拉德克船长的神秘死亡而深受困扰,与之相关的各类令人费解的谣传故事开始传播。星期二早晨,曾就职于一家大西洋汽艇公司的一位退休海军船长,在离村庄0.25英里的住所的床上被发现身亡,他生前指挥过当时最大、最快的舰队。当地验尸官对此立即进行了检查,发现事实十分恐怖。死者的喉部曾被某位突袭者咬过,力量大至咬破气管至死。死者被咬的皮肤上留有清晰可辨的上下颚齿痕,但是施暴者明显缺少两颗下门牙,这是一个有望确定凶手的标志。据推测，凶手极有可能是某个极具危险性的在逃神经病患者。死者虽已有 65 岁，但身体强健。由于屋内无明显搏斗的痕迹，并且无法确定凶手如何进室，英国的所有疯人院已被警告，注意监护病人，但到目前为止，尚无任何有关危险病人出逃的消息。

验尸官的陪审团得出略微奇特的结论："布拉德克船长死于不知名人士的手和牙。"据说，当地外科大夫曾私下发表过如下观点：那位精神病患者是位妇女。他的判断依据是牙齿痕所显示的下巴尺寸。整个事件笼罩在一团神秘之中。布拉德克船长是个鳏夫，一人独居，没有子嗣。

# 上铺闹鬼

一

有人嚷着来支雪茄。我们已经聊了很久,要说的话似乎都已说完。房间里烟雾腾腾,喝完酒后的头脑变得昏昏沉沉。除非有人搞点什么名堂来提提神,不然,聚会很快就会结束。我们这些来做客的人很快就要告别主人,回家睡觉。今晚的聚会实在是乏味,谈的都是些无聊的事情。琼斯啰啰嗦嗦地讲述他在约克郡如何打猎。从波士顿来的汤普金斯先生不厌其烦地向大家解释了一大堆铁路作业规则。他说,由于采用了这些规则,艾奇逊、托皮卡和圣菲铁路公司不仅扩大了自己的领域、提高了影响力、减少了牲畜在运送过程中的死亡率,而且还使那些买他们车票的旅客们相信，这些公司有能力运送客人，并且能保证不死人。来自意大利的汤博拉先生则竭力让我们相信（虽然在场的人谁也不想花费精力去反驳他），意大利的统一，绝不会像鱼雷那样导致灾难性的后果。那些由欧洲最大的兵工厂精心制造出来的炸弹都是给胆小鬼们用的。有了它，这些人才能在一些地区悄悄地制造出无穷无尽的政治动乱。

　　好了，没必要重复这些无聊的废话，它们会使钉在悬崖上的普罗米修斯厌烦，使坦塔罗斯分心。它们会逼得伊克西翁去找奥伦道夫先生散心，不管怎样，同奥伦道夫说些简单而有意义的对话要比听我们的谈话有趣多了。我们已经在桌边坐了好几个小时，厌倦得要命，可谁也没有想走的意思。

　　有人喊着要雪茄，大家都本能地把视线转向他。是布里斯班，他今年35岁，气质非凡，尤其对男人们有吸引力。他身体强壮，当然，在一般人看来，他算不上彪形大汉，虽说比中等身材的人要高大一些。他身高六英尺多，肩部比较宽，看上去不是很胖，但肯定不瘦。头不大，头颈却十分肥壮。他的手很宽，手上的肌肉强劲有力，看来，不需要任何工具就能把核桃的硬壳一下子捏碎。从侧面看，你一定会注意到，他的胸肌特别厚，上手臂也特别粗。他属于那种容易被低估的人，因为，他实际上比看起来还要强壮得多。他有着稀疏的头发、蓝眼睛、大鼻子、小胡子、方下巴。总之，布里斯班是个无人不知的人物，所以，当他喊着要雪茄时，所有人都注视着他。

"这是一种非常奇特的东西。"他说。

所有人都停止了说话。布里斯班的声音并不响，但是很特别，像一把快刀切入其他人的谈话。看到所有人都在注意听，布里斯班不慌不忙地点燃了一支雪茄。

"人们总是问，究竟有没有人看见过鬼，"他接着说，"我就见过。"

"别胡说了！像你这样的聪明人，也会相信鬼？你在开玩笑吧，布里斯班？"

布里斯班的奇谈怪论引起全场的热烈反应。每个人都嚷着要雪茄。管家斯塔布斯不知从哪儿冒了出来，手里拿着一瓶香槟。晚会一下子热闹起来，布里斯班开始讲述他的奇遇……

我是个老资格的航海员，因为经常要横穿大西洋，便总是选乘我最喜欢的轮船。每个人都有自己最喜欢的东西。我曾经看到一个人为了坐上自己喜欢的一辆车，在百老汇的一家酒吧足足等了三刻钟。我想，那家酒吧的老板至少有三分之一的收入来自那个人的怪癖。我也一样，在远航之前，我习惯等待自己喜欢的那艘船，这也许是偏见，可是我每次航行都很快活，只有一次例外。我还清楚地记得当时的情景，那是六月的一个早晨，天气很热。海关官员们正在等待从隔离区那边开过来的轮船，他们的脸上带着难以捉摸的沉思。我挤在人群里，没提几件行李，因为我出门从来不会带很多东西。人群里有旅客、搬运工，还有好多脸刮得光光的、穿着有铜纽扣的蓝色上装的家伙。他们从一艘停泊着的轮船上冒出来，死皮赖脸地向旅客们提供人家并不需要的服务，而他们索要的服务费则高得吓人。我急忙上了船，"坎莎卡"号是我当时最喜欢的一艘轮船。我说的是"当时"，因为现在早就不是了。没有任何东西能引诱我再上那艘船。不错，我知道你想说什么。它的后半部非常干净，船头陡直，不会积水，下层铺位大多是双人床。尽管它有很多优点，可是我绝不会再坐这艘船去欧洲了。对不起，扯远了。那天我上了船，叫来一个乘务员。他看上去挺面熟，红鼻子，不过胡子的颜色比鼻子还要红。

"105号房间，下铺。"我简单地吩咐。这是老乘客们特有的口气。横渡大西洋对他们来说是家常便饭，就像在市里的德尔莫尼科酒吧喝威士忌、鸡尾酒那样习以为常。

那位乘务员走过来拿我的手提箱、大衣和毯子。我至今都忘不了，他脸上的奇怪表情。我不明白他是想哭，想打喷嚏，还是想甩下我的手提箱。我心里非常紧张，因为那手提箱里有两瓶上等的陈年雪利酒，那是老友斯尼金森·范·皮金斯送给我路上喝的。好在我的担心都是多余的。105号房间在靠近左舷船尾的地方。这个特等舱没有什么特别，同"坎莎卡"号的大多数客舱一样，下铺是双人床。舱内挺宽敞的，有常用的盥洗用具，足以使一个北美印第安人体验一番豪华生活的滋味。还有那常见的棕色木头挂架，要说在上面挂牙刷，还不如挂把大伞更合适。在那令人讨厌的床垫上，方方正正地叠着几条毯子，那些毯子曾被一位伟大的幽默家比作冰冷的荞麦饼。毛巾就别提了。水瓶里装满了一种透明的、有点儿发黄的液体，闻上去有一种令人作呕的机油味。褪了色的帘子半遮着上层的铺位。在那个六月多雾的白昼，只有一点微弱的光照进冷冷清清的船舱。

乘务员把我的行李放好，然后看着我，似乎想离开这里（多半是想去接待更多的旅客、赚更多的钱）。你们知道，不论在哪里，总得同直接办事的人搞好关系，所以我就给了他几个硬币。

"我会尽力让你过得舒服。"他一面说，一面把钱放进口袋。然而，他说话的口气却令人觉得毫无把握。难道是他的收费标准提高了，所以觉得我给的钱太少了？不过，我更相信，他是因为没喝酒而情绪不高。事实上，以上想法都不对，我错怪他了。

二

起航的那天，没有什么特别的事情发生。我们准时离开码头，轮船航行时带来一阵阵清新凉爽的微风，闷热的天气变得好受了一些。

大家都在甲板上走来走去，你看看我，我看看你。碰巧，有时还会遇见一个熟人。许多人想知道餐厅里的饭菜怎么样，当然，也有人对此抱无所谓的态度。不过，吃过两餐饭之后就会真相大白。还有人想知道天气如何，这得等轮船驶过法尔岛才能下结论。一开始，餐厅里挤满了人，后来就一下子少了好多。许多人面色苍白，迫不及待地离开餐厅，跑到甲板上去，而那些经验老到的航海者们则备感轻松，他们坐在有许多空位的餐厅里，尽情地享用桌上的芥子酱。

对于我们这些经常穿越大西洋的人来说，每次航行都大同小异。鲸鱼和冰山当然很有趣，不过，一条鲸鱼同另一条鲸鱼相比，并没有多大区别。至于冰山，我们很少有机会近看。对大多数乘坐远洋轮的人来说，一天中最快活的时刻就是我们在甲板上吸完最后一支烟，消耗了多余的精力，心情舒畅地准备回房睡觉。那次航行的第一个晚上，我觉得特别无精打采，所以就早早回到105号房间上床休息。没想到，一进门就发现房间里有一些不属于我的东西，这是另一位乘客的。他的手提箱看上去跟我的很相似，就放在对面的角落里。上铺放着一条叠得整整齐齐的毯子，还有手杖和雨伞。我很失望，因为我不希望和别人同住一间房。不过，我很想知道我的室友是谁，所以，就等着见他一面。

我在床上躺了好长时间他才进来。他的个子非常高，但看上去又瘦又苍白。黄头发，黄胡子，加上一双无神的灰眼睛，他的样子令人疑惑。你有可能在华尔街上碰到这样的人，但你猜不出他在那里干什么。这种人常去安格莱咖啡馆，似乎总是独自坐着喝香槟酒。你也可能在赛马场碰到他，不过他似乎什么活动都不参加。他的穿着似乎太讲究了，而且有点儿怪。每艘远洋轮上都会有三四个这种类型的人，所以我决定避免同他打交道。如果他起得早，我就晚一点起床；如果他睡得晚，那我就早点上床。我可不想知道他是谁。一旦你知道这种人是谁，他们就会老是出现在你面前。可怜的人！其实我根本用不着为他劳神，因为打那天夜里起我就再也没见过他。

我睡得正熟，突然间，一声巨响把我惊醒。听到那响声，我敢断定是我的室友从上铺一下子跳到了地板上。我听见他笨拙地拉动门上的插销，门一下子被打开了。紧接着，我听见他的脚步声发狂似的在整个过道响起。轮船正轻微地摇晃着，我想他一定会摔倒，可他却像逃命似的狂奔。被他打开的那扇门同船身一起晃动着，发出可怕的声响。我爬起来把门关上，在黑暗中摸回自己的铺位。

不知睡了多久，醒来时觉得房间里的空气又湿又冷。你们一定知道，海水灌进船舱时那种特别的气味。我把毯子裹紧，又睡了会儿，心想，天亮后一定要向船上的主管提出强烈抗议。这时，我听到那位室友在上铺翻身。他大概是在我睡着的时候又回来了。有一次我似乎听到他呻吟，心想他大概是晕船了。要真是这样，睡在下铺的人可要倒霉了。尽管如此，我还是睡到天蒙蒙亮时才醒来。

船摇晃得更厉害了。从舷窗外透进来的灰色曙光随着船体的上下摆动，时强时弱。时下已是六月份，却出奇的寒冷。我转眼看了看舷窗，天呐，它已被完全打开，而且用钩子固定住了。我气得破口大骂，爬起来把窗关上，回过头，往上瞧了一眼。上铺的帘子拉得严严实实，我的室友也一定像我一样觉得很冷。这时，我觉得已经睡够了，穿上衣服走到甲板。外面很热，天上有很多云，海水中有一股难闻的怪机油味。没想到，已经七点钟了。我遇见出来呼吸新鲜空气的客轮医生，他是个年轻人，来自爱尔兰西部。黑头发、蓝眼睛，身体已经开始发福，那无忧无虑、健康乐观的样子非常讨人喜欢。

"今天早上天气真好。"我和他打了个招呼。

"唔，"他颇感兴趣地看了我一眼，"今天早上的天气可以说好，也可以说不好。反正我觉得不是很对胃口。"

"呃——是的，天气不算太好。"我说。

"这正是那种我称之为异常闷热的天气。"医生答道。

"昨天夜里却非常冷，"我说，"我发现舷窗完全开着，上床时我可没注意到，而且特等舱里很潮湿。"

"潮湿！你在哪个房间？"

"105——"

医生吃惊地看着我。

"怎么了?"我问。

"噢——没什么。"他答道,"不过,在最近的三次航行中,凡在那个房间里待过的乘客都会有抱怨。"

"我也要抱怨一声。那里的空气太糟了,真不像话!"

"我觉得,他们是没有办法,"医生说,"而且我认为那里——算了,我可不想吓唬乘客。"

"我可不会被你吓到,"我说,"再潮湿,我也不怕。要是我得了重感冒,我就来找你。"

我递给医生一支雪茄。他接过去,用非常挑剔的眼光查看了一番。

"还有比潮湿更可怕的,"他说,"不过,我敢说,你不会出什么事的。你有室友吗?"

"有啊。一个奇怪的家伙,他半夜里突然冲出房间,连门都不关。"

医生又用那奇怪的眼神看着我,然后,他点燃雪茄,神色变得严肃起来。

"他回来了吗?"他问。

"回来了,当时我睡着了。等我醒来时,听见他在动。我觉得很冷,又睡了一会儿。今天凌晨,我发现舷窗被打开了。"

"听着,"医生悄悄地说,"我可不在乎这条船,我一点都不在乎它的名声。有一个办法,我的房间挺宽敞,虽然我对你不太了解,但我可以让你睡在我这里。"

我没料到他会提出这样的建议。我想象不出,他为什么突然对我如此关心。不过,我觉得他说话的样子很特别。

"你真好,医生,"我说,"不过,我还是觉得那个房间应该换换空气,彻底清扫一下。你为什么不在乎这条船?"

"干我们这一行的,通常是不迷信的,先生,"医生答道,"但是大海使人变得迷信。我可不想使你有任何偏见,也不想吓唬你。如果你愿意听我的劝告,就搬到我这里来,我宁可看你跳到海里去,"他急切地说,"也不想知道,你或什么人睡在了105号房里。"

"天哪!为什么这么说?"

"因为在最近的三次航行中,睡在那个房间里的人都跳海了。"他沉着脸回答。

这消息太可怕了。我仔细看了看医生,生怕他跟我开玩笑,可他看上去绝对认真。我真心感谢他的好意,不过仍旧相信,自己不会像其他几个在那个房间里睡过的人一样跳到海里去。他一直沉着脸,没再说什么,只是暗示我在下次碰面之前再考虑一下他的建议,然后,我们就一起去吃早餐。餐厅里人不多,我注意到个别同我们一起用餐的官员看上去心情沉重。早餐后，我回房间去取一本书，上铺的帘子仍关得严严实实，里面一点声音也没有。我的室友大概还在睡觉。

一出门，我就碰到那个接待我的乘务员。他小声说船长要见我，然后就急忙逃走，大概是怕我向他提问。我走进船长室，发现他已经在那里等我。

"先生，"他说，"我想请你帮个忙。"

我回答很乐意为他做任何事情。

"你的室友失踪了。"他说，"据我们所知，他昨天夜里很早就回来了。你注意到他的举止有什么不寻常的地方？"

这个问题使我目瞪口呆，它恰好证实了半小时前医生对我说的话。

"你是说，他跳海了？"我问。

"恐怕是的。"船长答道。

"这太不可思议了……"

"为什么？"

"那么他是第四个跳海的了，对吗？"我大声说。他又问了我一些问题。我告诉他，我听说过有关105号房间的事情，当然，我没说是从医生那里听来的。他非常生气。然后我又向他描述了昨天夜里发生的事。

"你说的情况同前两个室友告诉我的完全一样。"他说，"那几个出事的人，也是一下子从床上跳下来，然后奔出过道。有两个人在跳海时被警卫发现，我们停下来把救生艇放下水，可是怎么也找不到他们。昨天夜里没发现有人失踪，那个乘务员大概是个多疑的家伙，他好像料到会出事。今天早上他发现那人的铺位空着，他的衣服还留在那里。乘务员搜遍了整条船都没找到他。先生，我请求你不要对任何乘客说这件事，我不希望这条船有个坏名声。对远洋客轮来说，没有比自杀事件更会招来厄运的了。你可以选择任何一个高级船员的房间，包括我本人的在内。你觉得这样可以吗？"

"当然可以，非常感谢。"我说，"不过，既然我现在独自拥有那个特等舱，我就不搬出去了。如果乘务员能把那个不幸的人的东西搬出去，我愿意待在老地方。我不会把这事告诉任何人，我可以向你保证，我不会像室友那样失踪。"

船长试图劝我改变主意，但我还是选择独自待在特等舱里，而不是同别人合睡一个房间。我不知道这样做是否愚蠢，不过，要是我当时听了船长的话，我今天的故事就讲不下去了。

我对船长说，那间特等舱显然有些不对劲儿。那里很潮湿，舷窗整夜开着。我的室友也许在上船的时候就已经染病了，他也许在上床后由于发烧而神志不清。说不定，他现在正躲在船上什么地方，也许我们会找到他。那个房间应该换换空气，舷窗上的夹头也应该检查一下。

如果船长先生把这些事交给我，我可以立即叫人去办。

"你当然有权待在原来的地方，"船长说道，似乎显得有些生气，"不过，我还是希望你搬出来，这样我可以把那个房间锁起来，从而了结此事。"

我还是坚持自己的看法，并向船长发誓保守秘密，保证不把室友失踪的事泄露出去，然后就告辞了。好在那位室友在船上也没有熟人，不会有人问起他的去向。傍晚时分，我又碰到了那个医生，他问我有没有改变主意，我说没有。

"你不久就会改变主意的。"他板着脸说。

## 三

晚上我们玩惠斯特牌，很晚才去睡觉。我一走进那间特等舱，就有一种不祥的感觉。我忍不住想起昨天夜里见到的那位高个子。他现在已经淹死了，尸体正随着海浪在二三百里外的海面上翻滚。脱衣服的时候，我眼前清楚地浮现出他的脸孔。我甚至拉开上铺的帘子，看看他是否真的不存在。我把门闩上。突然间，我发现舷窗开着，而且被牢牢地扣了起来。太不像话了！我火冒三丈，披上睡衣就去找罗伯特（那个分管我们这条过道的乘务员）。我找到罗伯特，粗暴地把他拖到105号门口，一把将他推到敞开的舷窗前。

"你这个混蛋,搞什么鬼?你为什么让舷窗开着?难道你不知道这是违反规定的?难道你不知道,如果船体倾斜海水就会灌进来,那时就是十个人也没法把它关上?我要到船长那里去告你这个无赖,你想损害这条船!"

我气愤到了极点。罗伯特浑身发抖,脸色苍白,伸手去关那扇有着非常结实的铜夹头的舷窗。

"你为什么不回答我?"我粗暴地问。

"先生,实话告诉您,"他结结巴巴地答道,"船上没有一个人能让这扇窗在夜里关着。先生,您自己试试吧。说真的,我可不想在这艘船上再干下去了。我要是您,就会离开这间房,搬到其他人那里去。您看,先生,我现在把它关得很紧。推推看,纹丝不动。"

我推了推,那窗现在确实关得非常紧。

"先生,我没说错吧。"罗伯特肯定地说,"我以甲级一等乘务员的名誉打赌,不出半个小时,这扇窗又会被重新打开,而且会被扣得牢牢的。这才是最可怕的——被扣得牢牢的!"

我检查了一下舷窗上的粗大螺栓和环形螺帽。

"罗伯特,今天夜里我要是发现这扇窗被打开,就送给你一个沙弗林金币。现在你可以走了。"

"先生,您是说沙弗林金币吗?太好了!谢谢您,先生。晚安!好好休息吧,做个好梦,先生。"

罗伯特一听可以脱身,便飞快地逃走了。当时,我想,他一定是为了推脱责任而编出一套谎话来吓唬我。没想到,他后来真的得到了一枚沙弗林金币,而我却度过了一个可怕的夜晚。

我上了床,盖上毯子。五分钟后,无情的罗伯特熄灭了门外的灯。周围一片漆黑,我怎么也睡不着。在对乘务员发火后,我感到一阵痛快,暂时摆脱了室友之死带来的压抑感。可是我躺在床上,毫无睡意。我睁开眼,看了看舷窗,它像个悬挂在黑暗中发着微光的汤盆。大概过了一个小时,正当我迷迷糊糊快要睡着的时候,一股冷风袭来,海水喷洒到我的脸上。我跳了起来,摇晃的船体把我重重地摔到舷窗下方的沙发上。我迅速爬起来,天哪,舷窗又被打开了,而且被牢牢地扣着!

我不得不承认这个无法解释的事实。我的肘部和膝盖被摔得青肿,第二天早晨,伤痕还在。不过,我当时是惊讶多于恐惧。我重新关上窗,用尽全力拧紧螺栓。看来,舷窗是在罗伯特将它关上后一小时之内被打开的。我决心守在旁边,看它是否会再次被打开。窗上的铜夹头非常结实,将它松开绝不是一件容易的事情。我站在窗前,透过厚厚的玻璃,看到白色和灰色的大波涛在船体下方变成一层层泡沫。在那里,我大概站了一刻钟。

突然,我清楚地听见什么东西在我身后的一个铺位上移动。正当我转身要看个究竟,刹那间——当然,黑暗中我根本不可能看见什么——耳边传来一声低沉的呻吟。我跳了起来,一把扯开上层铺位的帘子,伸手去摸是否有人。里面果真有个人!

当时,我觉得自己的手好像伸进了一个潮湿的地窖。帘子后面刮出一股阴风,闻起来有种海水的咸腥味。我好像抓到一个像人的臂膀似的东西,那东西又湿又滑,冰冷刺骨。我抓住它使劲往外拽,但突然间,那东西朝我凶狠地扑了过来。那似乎是一大团黏糊糊、湿淋淋的阴气,带有某种神秘的超自然力量。我一下子摔到房间的另一头。这时,门开了,那东西冲了出去。我不假思索,立刻爬起来,冲出门,拼命追赶,可惜已经晚了。只见过道不远处有个黑影在昏暗的灯光下飞奔,那情形就像马儿拉着亮灯的马车在黑暗中疾驰。黑影一瞬间就不见了,我发现自己站在过道转弯处的甲板天窗下,双手紧握舱壁边上的扶手,头发根根竖立,脸上直淌冷汗。说句不怕害羞的话,当时,我确实吓傻了。

我极力使自己镇定,心想,自己的感觉是不是出了差错。我想,整个事情真是不可思议。也许因为我吃了威尔士干酪,胃里不舒服,所以夜里做起了噩梦。我回到自己的舱房,鼓足勇气走进门,里面充满了海水的咸腥味。我好不容易摸到一盒火柴,点亮了那盏火车上用的台灯。我总是随身带着这盏灯,以便在熄灯后用来看书。借着灯光,我看到舷窗又被打开了。我感到一阵从未有过的恐惧,不过我还是拿着灯,开始查看上层铺位,心想那上面肯定湿透了。

事实恰恰相反。虽然那张床上明显有东西躺过,而且还有一股海腥味,但是褥子却很干燥。我想,在昨天的事件发生之后,罗伯特不可能有胆量进来整理床铺——这一定是可怕的梦。我把帘子尽量拉开,整个床铺从头到尾都很干燥,但舷窗确实又被打开了。我怀着一颗颤抖的心,再次关上那扇窗,旋上螺栓,还把我那根结实的手杖插在铜环里,用尽全力旋紧螺帽,直至那个结实的金属帽被拧弯才罢休。然后,我把灯挂在沙发的上方,坐下来尽量保持头脑清醒。就这样,我坐了一整夜,麻木的头脑几乎丧失了思维能力。幸而这次舷窗没有再被打开。我也不相信现在它会被打开,因为这得要有特别强大的力量。

天终于亮了。我慢吞吞地穿上衣服,走上甲板。外面阳光明媚,我很高兴能摆脱船舱里那种令人作呕的恶臭,在曙光中,享受蓝色水面上吹来的微风。我本能地向医生的房间走去。他嘴里含着烟斗,像昨天那样站着呼吸新鲜空气。

"早上好。"他平静地说,同时用好奇的目光打量着我。

"医生,你说对了,"我说,"那房间有些不对劲儿。"

"我料到你会改变主意的,"他得意地说,"你昨夜折腾得厉害,对吗?我给你配点儿饮料提提神怎么样?我有一套绝佳的配方。"

"不用了，谢谢，"我大声说，"不过，我想说说昨夜发生的事。"

我尽量把所有的经过都说详细，还诉说了我一生中从未有过的恐惧感。我特别提到那个舷窗。倘若别的细节都是幻觉，那舷窗可是个无可辩驳的证据，因为上面还有被我用手杖拧弯的铜螺栓呢。

"你好像担心我会对你说的事情表示怀疑，"医生笑了笑，"我一点都不怀疑。你还是把行李搬来，我把半个房间让给你。"

"我要让你去我那里，"我说，"帮我把这事查个水落石出。"

"你再要这样干下去，就会完蛋的。"医生答道。

"你说什么？"

"你会掉进海底。我可要离开这条怪船。"

"这么说，你不打算帮我查清楚……"

"不。"他立刻答道，"我的责任是保护我的精神健康。我可不想去惹那些妖魔鬼怪。"

"你真的认为那是鬼？"我有点轻蔑地问。说这话时，我突然想起昨天夜里那令人毛骨悚然的东西——太可怕了！我整夜都被那恐惧的感觉压得喘不过气来。这时，医生向我发起反击。

"那么，你能合情合理地解释这一切吗？"他问，"不，你不能。因为解释根本就不存在。"

"但是，我的先生，"我反驳道，"你是个搞科学的人，难道你也认为这类事情无法解释？"

"确实如此，"他的口气非常坚定，"即便有这种可能，我也不想费这份心。"

我不想在那个特等舱里再单独待一个夜晚，但是我仍顽固地想把事件查个水落石出。很少会有人在经历了两个可怕的夜晚后仍单独睡在那个房间。不过，我的决心已定。即使找不到人同我一起住，我也要再试一次。看来，医生是肯定不愿去了，他说自己是个外科医生，船上的人要是出了毛病，必须随叫随到，他的精神绝对不能出毛病。他还说，在这条船上，没人会愿意同我一起调查这件事。我又同他聊了一会儿，就告辞了。没过多久，我遇见船长，就把事情的经过告诉他。最后，我对他说，如果没人愿意同我一起待在那个舱房过夜，我就一个人干，我请求夜里不要熄灯。

"听着，"他说，"我有个主意，我同你一起干，我就不信，查不出个水落石出。也许是哪个没买票的家伙悄悄躲在船上，夜里出来吓唬乘客，占用他们的铺位；也许那个铺位的木板后面有鬼名堂。"

听到船长愿意跟我合作，我真是高兴极了。我建议，把船上的木匠找来检查那个地方。船长随即叫人把木匠找来，让他听我的指挥。我们立即下舱，拿掉了上层铺位的所有被褥，仔细检查了每一块床板和镶板。我们检查了所有的护墙板、地板，还把下层铺位的每个部分都拆开来看。总之，里里外外、每英寸都查遍了，什么问题也没找到。当我们快结束的时候，罗伯特来到门口探头张望。

"哟，先生，找到什么了？"他问道，不怀好意地咧嘴笑了笑。

"关于那舷窗，你没说错，罗伯特。"我按自己许诺的，给了他一个金币。这时，木匠不声不响地按照我的要求干完了所有的活。最后，他对我说："我是个普通人，先生。但是，我认为你最好还是把行李都搬出去，让我用一些四寸长的大螺钉把这个房间的门钉死。这个房间从来就没有太平过，不是吗？四次航行中就有四个人在这里送了命。还是死了心吧，先生，别折腾了！"

"我还是要再试一次。"我说。

"别干啦,先生,别干啦！这事太危险。"木匠说着,把工具放进包里,离开了。

可是，我不想打退堂鼓。有船长做伴，我勇气倍增，决心不顾一切把这件怪事查清楚。那天晚上，我没吃威尔士干酪，没喝格罗格酒，也不像平时那样和别人玩惠斯特牌。我想保持清醒的头脑，我的虚荣心使我迫切地希望能在船长面前大显身手。

## 四

船长是那种个性特别强悍、特别开朗的人。这种人是航海业中的佼佼者，他们的勇气、刚毅和临危不惧使他们自然而然地享有极高的声誉。他当然不会没有主见，轻举妄动。因此，他愿意同我合作，这件事本身就说明，他相信船上存在着严重的问题，这种事既不能用一般的理论来解释，也不能简单地将它当成迷信，一笑了之。而且，从某种意义上说，他的声誉，这条船的名声，都受到了威胁。他很清楚，乘客中有人跳海绝不是微不足道的事。

那天晚上十点左右，天气闷热，我正抽着最后一支雪茄，与许多乘客一道在甲板上散步。这时，船长走了过来，把我拉到了一边。

"这是一件非常严肃的事情，布里斯班先生，"他说，"我们必须做好两手准备——可能会失望，也可能会有一场恶斗。要知道，这事非同小可，所以我想请你在一份声明上签字。如果今天夜里不发生任何事情，我们明天、后天就继续守在那里。你准备好了吗？"

我们走下甲板进入特等舱。进门时，我看见罗伯特正站在走道的一侧观望，他的脸上带着那种熟悉的冷笑，好像确信某种可怕的事件即将发生。木匠在我们身后把门上了闩。

"我们是不是要把你的手提箱放在门口？"船长建议说，"再让一个人坐在上面，这样，什么东西都逃不掉。舷窗上的螺栓拧紧了吗？"

一切都像我早晨离开时那样。如果不用特殊工具，谁也无法打开那扇窗。我把上铺的帘子拉开，这样就能清楚地看到上面的情况。船长还建议我点亮台灯,将它放在上铺的白床单上。他坚持要亲自坐在手提箱上守门,说进来时就想好了要这么干。

然后,他让我把房间彻底搜查了一遍。其实,我只需查看床底和沙发底,但那里什么东西也没有。

"任何人想钻进来或打开舷窗都是不可能的。"我说。

"很好,"船长平静地说,"要是我们还是看见了什么,那么不是幻觉就是某种超自然的东西在作祟。"

我在下铺的床沿上坐了下来。

"头一次出事是在三月份。"船长盘起双腿,背靠在门上,"后来证明,睡在这个上铺的乘客是个疯子——反正,听说他有点精神失常,他是瞒着朋友出海旅行的。半夜里,他冲了出去,一下子跳到海里,值班船员没来得及阻止。我们停下船,放下了救生艇。虽说当时风平浪静——那是恶劣气候到来之前的一个夜晚——然而我们却无法找到他。当然,事后他被认定是精神失常引起的自杀。"

"这事是不是经常发生?"我有些心不在焉地问。

"不是太多,"船长说,"虽然,我听说其他船上发生过类似的事儿,但在此之前,我还从来没碰到过。唔,我刚才说了,头一次出事在三月份。接下来的一次航行中——你在看什么?"他突然停住不说了。

当时,我没有答话,我的眼睛正死死地盯着舷窗。那个已经被旋紧的环状铜螺帽正慢慢地转动——速度极慢,以至我无法肯定它是否真的在转动。我凝神注视,努力记住螺帽原来的位置以便确定它转动与否。此时,船长也注意到这动向了。

"螺帽在动!"他叫道。过了一分钟,他又说,"不,它没动。"

"如果是螺栓震松,"我说,"那么白天螺帽也会松开。可是今晚进门时我看见它旋得紧紧的,跟我早上离开时一模一样。"

我站起来,试了试螺帽。毫无疑问,它已经松开了,因为我用手就能使它转动。

"奇怪。"船长说,"第二个出事的人,很可能就是从这个舷窗跳下海的。那天风浪很大,我们接到警报,说有一个舷窗被打开,海水灌了进来。我下来一看,到处是水。船身每摇晃一下,都有大量的海水灌入。我们设法关上了窗,但还是造成了一些损失。从那以后,这个舱房就经常有一股海水的气味。那个乘客想必是已经跳进了海里,但只有上帝知道,他是怎么离开这个舱房的。乘务员老是向我抱怨,他无法锁住这个舱房里的任何东西——我敢说,已经闻到海水味了。你闻到了吗?"

"没错,"我又闻到那种咸腥的海水气味。房间里的潮气越来越浓,我不禁浑身发抖,"真是不可思议。今天早上我和木匠检查舱房时,这里没有一处是潮湿的——哎呀!"

我搁在上铺的那盏灯突然灭了，不过，门旁边毛玻璃后面的那盏灯还亮着。船身剧烈地摇晃，上铺的帘子忽而掀起，忽而飘落。我跳起来去扶那盏灯，与此同时，船长也跳了起来，发出一声惊叫。我立即朝他那边扑过去。此时，他正竭力稳住舷窗的铜螺帽，但是铜螺帽仍然在转松。于是，我抓起那根沉重的橡木手杖，把它插入环内，并使出全身力气拽住。突然，结实的手杖"喀嚓"一声断了，我猛地摔倒在沙发上。当我爬起来时，舷窗已经大开，船长背靠着门站立，嘴唇发白。

"床上有个东西！"他瞪着眼睛嚷道，"守住门，我来对付。不管这东西是什么，绝不能让它逃走！"

我抢先扑上去，一把抓住那个躲在上铺里的东西。

那是个幽灵般的东西，模样极其可怕，而且它不停地在我手中挣扎。它摸上去像一具在海水中泡了很久的死尸，但这具死尸会动，而且力气抵得上十个活人。我用尽全力抓住这个滑溜溜、湿淋淋的怪物。它用一双呆滞的白眼恶狠狠地盯着我，浑身发出一股海水般的咸腥味，苍白的脸盘上方耷拉着一绺绺湿漉漉的头发。它疯狂地扑向我，差点折断我的手臂，接着又猛然勾住我的脖子，把我向后压去。我大叫一声，摔倒在地。终于，我松开了手。

我倒下时，那怪物又冲向船长。我看到船长咬紧牙关，脸色煞白，他用尽全力猛击那怪物，但最后也摔倒在地，发出一声恐怖的叫喊。

那东西停留了片刻，似乎在船长身体上面盘旋。我想喊叫，却发不出声来。突然间，那东西消失了，好像是从开着的舷窗逃走的。然而那个舷窗是如此之小，没人能说出它是怎么钻出去的。我在地板上躺了很久，而船长则躺在我的旁边。当我清醒过来，活动四肢时，才发现，左臂靠近手腕的地方已经骨折了。

我艰难地爬了起来，试图用没有受伤的手扶起船长。他终于恢复了知觉，开始呻吟。他没有受伤，看来刚才是被击昏了。

怎么样，你们还想听下去吗？其实，已经没什么好说的了。这就是故事的结局。木匠实现了他的计划：用四寸长的大螺钉把105号房间的门钉死了。如果你有机会乘坐"坎莎卡"号客轮，向他们要那个特等舱的铺位，你将被告知那个铺位已经有人了——不错——已经被一具死尸占用了。

剩下的那段航程，我是在医生的房间里度过的。他为我医治那只折断的手臂，劝我再也别去惹那些魑魅魍魉。船长变得沉默寡言，自那次航程以后，他再也没上过那条船，虽说那条船仍在海上航行。我也不会再上那条船，那次经历太可怕了，而且我也确实被吓坏了。想起这事，我就有一种不愉快的感觉。我的故事说完了，这就是我碰到过的鬼魂——如果那是个鬼魂的话。反正，它不是活物。

图书在版编目（CIP）数据

生死兄弟 /（美）弗朗西斯·克劳福德著；邹文华译. —— 上海：上海文艺出版社，2022
（域外故事会神秘小说系列）
ISBN 978-7-5321-7998-5

Ⅰ. ①生… Ⅱ. ①弗… ②邹… Ⅲ. ①中篇小说－小说集－美国－现代②短篇小说－小说集－美国－现代 Ⅳ. ① I712.45

中国版本图书馆 CIP 数据核字（2021）第 230718 号

## 生死兄弟

著　　者：[美] 弗朗西斯·克劳福德
译　　者：邹文华
责任编辑：蔡美凤　吴　艳
装帧设计：周艳梅
责任督印：张　凯

出　　版：上海文艺出版社
出　　品：上海故事会文化传媒有限公司
　　　　　（201101　上海市闵行区号景路159弄A座3楼　www.storychina.cn）
发　　行：上海文艺出版社发行中心
　　　　　（上海市闵行区号景路159弄A座2楼206室）
印　　刷：上海中华印刷有限公司
开　　本：889毫米×1194毫米　1/32　印张6.375
版　　次：2022年2月第1版　2022年2月第1次印刷
ＩＳＢＮ：978-7-5321-7998-5/I.6340
定　　价：35.00元

版权所有·不准翻印

上海故事会文化传媒有限公司 出品（01064）www.storychina.cn
想看更多精彩故事？扫码下载故事会APP

上海故事会文化传媒有限公司所有图书可办理邮购，免收邮费（挂号除外）
汇款地址：上海市闵行区号景路 159 弄 A 座 2 楼 206 室（201101）
收　款　人：上海故事会文化传媒有限公司出版发行部
联系电话：021-53204159
如发现本书有质量问题，请与印刷厂质量科联系　Tel：0571-22805820